Henning Boëtius • Der weiße Abgrund

Henning Boëtius

Der weiße Abgrund

Ein Heinrich-Heine-Roman

btb

»Das holdselige Bewußtsein, ein schönes Leben geführt zu haben, erfüllt meine Seele selbst in dieser kummervollen Zeit, wird mich auch hoffentlich in den letzten Stunden bis an den weißen Abgrund begleiten. Unter uns gesagt, dieser letztere ist das wenigst Furchtbare, das Sterben ist etwas Schauderhaftes, nicht der Tod, wenn es überhaupt einen Tod giebt. Der Tod ist vielleicht der letzte Aberglaube.«

Heinrich Heine an Julius Campe,
September 1846

Das blaue Wrack I

Ich hatte ihn erst spät bemerkt, ein kleines, schwarzes Strichmännchen unter dem dunklen Regenhimmel mit seinen jagenden grauen Wolken. Eine Weile schien es mir, dass er nicht näher kam, obwohl ich ihn mit langen Schritten ausschreiten sah. Sein Regenmantel umwehte ihn wie ein Segel, das ihn vorantrieb und Kurs halten ließ.

Ich saß auf der Bank eines gestrandeten Ruderbootes. Es musste einmal blau gewesen sein, denn an einzelnen Stellen des ausgebleichten, grauen Holzes sah man noch Reste der Farbe. Im Bilgenwasser trieb Tang, und Seepocken verzierten seine morschen Planken. Es musste schon lange hier liegen, im Schlamm der Uferzone angetrieben, aufgegeben von seinem Besitzer und nun ein Lebensraum für alles mögliche Seegetier.

Hier, auf der Wattseite im Osten der Insel, war das Meer gewöhnlich ruhig. Selbst bei windigem Wetter lag es da wie ein großer blinder Spiegel, in dem sich die Leere des Weltalls betrachtete, während das Meer auf der Westseite seinen stürmischen Auftritt hatte, mit heranrollenden Brechern und Böen, die weiße

Sandschwaden über die große Fläche der den Dünen vorgelagerten Ebene trieben. Während das Meer dort voller Pathos, Wut und Leidenschaft war, einer Gewaltsamkeit, die die Gedanken wie Schaum verwirbelte, vermittelte es hier einen melancholischen Frieden, der ihnen eine träge Flüchtigkeit verlieh.

Plötzlich war er da, als sei er direkt vor mir aus der Salzwiese des Vorlandes gewachsen. Er kletterte über das Dollbord, setzte sich auf die andere Ruderbank und sah mich an mit diesem für ihn typischen Blick, in dem sich Sympathie und Skepsis mischten. Ich zog das Buch aus der Seitentasche meiner Regenjacke und schlug es auf. Es war der erste Band einer Gesamtausgabe aus den zwanziger Jahren, auf dem Titelblatt die handschriftliche Widmung des Herausgebers an meine Großmutter. Er hatte offenbar damals in ihrem Salon verkehrt. Während ich das in ockerfarbenes Leinen gebundene Buch aufschlug und vorzulesen begann, fielen Regentropfen auf die vergilbten Seiten, so dass sie sich zu wellen begannen, als seien sie Treibgut aus einer anderen Zeit. »Sternlos und kalt ist die Nacht. Es gärt das Meer und über dem Meer, platt auf dem Bauch liegt der ungestaltete Nordwind.«

Wir wechselten uns ab beim Vorlesen, während die Flut langsam stieg und bald das Wrack umgab. Lehmiges Wasser drang durch die aufklaffenden Bodenbretter. Ich bemerkte, wie sich eine Wollhandkrabbe mit winkender Schere unter dem Seetang versteckte. Vielleicht hörte sie unseren Stimmen zu.

Als wir alle Gedichte gelesen hatten, stieg mein Freund auf die Ruderbank. Er legte die Hand an die Stirn, um die Augen vor dem inzwischen peitschenden Regen zu schützen, und starrte zum Horizont. »Lass uns ablegen. Wir wollen in See stechen, auf nach Bimini, das gelobte Land, das ewiges Leben verheißt. »

Er sprang ins knietiefe Wasser und strebte voller Tatendrang der Küste zu. Das Buch hatte sich aufgelöst. Einzelne Seiten flatterten im ablandigen Wind davon und trieben im Meer, bis sie langsam untergingen. Ehe ich meinem Freund folgte, rief ich so laut ich konnte in das Rauschen der Wellen: »Wir sollten etwas für ihn tun, ihn aus seinem Zeitgefängnis befreien, so wie er es sich selbst einst gewünscht hat. Hör mal.«

Er blieb stehen, während ich die Stelle aus einem der Gedichte rezitierte, die uns besonders gefallen hatte:

»Mir ist, als saß ich winterlange,
Ein Kranker, in dunkler Krankenstube,
Und nun verlass ich sie plötzlich,
Und blendend strahlt mir entgegen
Der smaragdne Frühling, der sonnengeweckte,
Und es rauschen die weißen Blütenbäume,
Und die jungen Blumen schauen mich an

Mit bunten, duftenden Augen.
Und es duftet und summt, und atmet und lacht,
Und im blauen Himmel singen die Vöglein –
Thalatta! Thalatta!«

Mein Freund war mir entgegengekommen. Der Regen hatte aufgehört, und während wir beide knietief im Wasser standen, umarmten wir uns und wiederholten im Gleichklang »Thalatta! Thalatta!«.

Romeo und Julia

In Paris herrscht den ganzen Sommer 1854 über schönstes Wetter, ein glücklicher Umstand, der dem kranken Dichter, den alle liebevoll Henri nennen, den Umzug in seine neue Wohnung in der Rue Matignon sehr erleichtert. Die alte Wohnung ist viel zu klein. Henri verfügt dort über kein Krankenzimmer. Alle Geschäfte der Haushaltsführung finden in seiner unmittelbaren Nähe statt. Irgendwo wird außerdem ständig Pianoforte geübt, eine Qual für den geräuschempfindlichen Poeten.

Henris Frau hat sich lange gegen eine Umsiedlung gesträubt. Sie fürchtet, dass nun das Geld zu knapp werden wird, um ihren Lieblingsbeschäftigungen nachgehen zu können, teure Kleider kaufen, mit Freunden ausgehen, gut essen und Champagner trinken. Um zu sparen, hat sie ihren Mann überredet, die schwarze Pflegerin, die Mulattin, zu entlassen. Als ehemalige Schuhverkäuferin aus einfachen Verhältnissen stammend, ist Mathilde außerdem enge Wohnverhältnisse gewohnt. Aber als Ende Juni das Nachbarhaus in der Rue Amsterdam lichterloh brennt und die Flammen auf ihre Wohnung überzuschlagen drohen, willigt sie in das Vorhaben ihres Mannes ein.

Er hat die Hitze der Wand gespürt und mit seinem überempfindlichen Gehör das Züngeln der Flammen und das Rauschen des Wassers aus den neuartigen Dampfspritzen der Feuerwehr wie ein stürmisches Meer wahrgenommen, dessen Wellen ihn zu verschlingen drohen. Er hat zwar nichts gegen das Verbrennen von Manuskripten, schon mehrfach hat er schließlich selbst Texte und Briefe in den Ofen gesteckt, wenn sie ihm nicht mehr gefielen oder zu kompromittierend waren. Er weiß sehr wohl um die Schwäche mancher seiner Verse, wenn er zu mechanisch die Reimdrehorgel bedient. Auch hat der erst zwölf Jahre zurückliegende verheerende Große Brand von Hamburg, der auch die Wohnung seiner geliebten Mutter zerstörte, seine dort lagernden Manuskripte in Asche verwandelt. Aber ein Autodafé am Autor geht ihm entschieden zu weit. Als dann auch noch das Hämmern und Sägen der Arbeiter beginnt, die das vom Feuer beschädigte Mauerwerk reparieren, besteht er auf einem sofortigen Wohnungswechsel.

Seine stark übergewichtige Frau begibt sich daher trotz der enormen Hitze auf die Suche nach einem neuen Quartier. Während sie ächzend durch die Straßen stiefelt, bilden sich große Schweißflecken unter den Achseln ihres Kleides. Schließlich betritt sie eine

Gaststätte, um sich bei Kuchen und Eiswasser mit einem Schuss Absinth zu erfrischen. Sie ist seit geraumer Zeit eine treue Freundin der grünen Fee.

Mathilde ist ungebildet und voller Leben, was vielleicht sogar zusammenhängt. Heine hat sie vor nunmehr 21 Jahren kennengelernt, als er sich in der berühmten, gasbeleuchteten Passage des Panoramas am Boulevard Montmartre Halbstiefel aus Ziegenleder kaufen wollte, solche, wie sie der Dandy Brumel populär gemacht hatte. Auch Henri gab sich gerne als Dandy. Er pflegte hierherzukommen, nicht nur um Schuhe zu kaufen, sondern auch weil hier die schönsten Prostituierten flanierten. Er war nicht besonders groß, eher zierlich gebaut und doch zugleich muskulös. Seine Gesichtszüge waren fein gezeichnet, die lange Nase edel geformt, der kleine Mund mit den rosigen Lippen fast mädchenhaft. Die weichen, hellbraunen Haare umflossen seine hohe blasse Stirn wie ein Vorhang, hinter dem sich Witz und frivole Gedanken verbargen. Meistens trug er einen hellen, zerknitterten Anzug mit einer roten Rose im Knopfloch des Revers, hatte einen verbeulten Strohhut auf und benutzte hin und wieder eine Brille, um die Damen zu mustern, die er wegen seiner starken Kurzsichtigkeit sonst nur verschwommen wahrnehmen konnte. Er setzte die Sehhilfe jedoch immer schnell wieder ab, wenn er meinte, gefallen zu wollen. Und er gefiel den Damen, denn seine

Männlichkeit war von kindlicher Grazie. Er erinnerte an einen Amor, dessen Blick aus leicht verschwimmenden Augen unter den ebenmäßigen Bögen der Brauen Liebespfeile zu versenden schien, ein Phänomen, das eigentlich nur seiner Sehschwäche zu verdanken war. Jedenfalls weckte er bei den Dirnen so selten empfundene mütterliche Gefühle, ein Grund dafür, dass er für genossene Liebesdienste fast nie bezahlen musste.

Die gläubige Katholikin Augustine Crescence war keine Prostituierte. Sie verkaufte in der Passage modisches Schuhwerk, darunter auch Stiefel des berühmten Lederkünstlers Sakowski. Sie war 18 Jahre jünger als Henri. Ihr Anblick, ihre stattliche Figur, die schmale Taille, der hohe, feste Busen, die braunen Haare mit den Korkenzieherlocken, die großen schwarzen Augen, sogar ihre hohe Fistelstimme, die fast nie Pause machte, all das bezauberte ihn. Selbst wenn sie Gassenhauer trällerte, die sie aus den Vaudevilleaufführungen in den Cafés kannte oder auf der Straße aufgeschnappt hatte, ertrug er es mit Fassung, auch wenn ihr Gesang falsch war und ihr Papagei manchmal mit einstimmte. Der Vogel war ihr ganzer Stolz. Waren Papageien einst nur bei Königen und im hohen Adel als Statussymbol verbreitet, war ihre Haltung inzwischen im aufstrebenden Bürgertum große Mode. Exotik, die Fähigkeit, die menschliche Stimme nachzuahmen, all das machte dieses Tier zu einem lebenden Schmuckstück und Objekt der Phantasie. Ein Blick durch die engen Stäbe einer Volière glich einer Reise in die undurchdringliche Wildnis südamerikanischer Regenwälder. Nicht zuletzt hatte Defoes berühmter Roman diese Mode befördert. Poll, der geschwätzige Redepartner Robinson Crusoes, war das Urbild des kommunikativen Papageien. Der geräuschempfindliche Dichter hatte Mathildes ersten Papagei mit Rattengift umgebracht und dann aus schlechtem Gewissen einen Nachfolger erstanden. Er hieß Cocotte, nicht etwa nach dem beliebten Schmortopf oder dem metaphorischen Ausdruck für eine Prostituierte. Henri hatte sich vielmehr damals ›Die Geheimnisse von Paris‹ von Mathilde vorlesen lassen und deshalb den Vogel nach einem Papageien dieses Namens aus dem Roman von Eugène Sue getauft. Inzwischen bereute er den Kauf, denn das Tier war noch lauter als sein Vorgänger.

Bei den frivolen Stellen der Liedtexte lächelte Henri manchmal anerkennend. Er bewunderte an Augustine die Natürlichkeit, mit der sie selbst die schmutzigsten Formulierungen reinwusch. Offensichtlich hatte er sich wieder einmal hemmungslos verliebt. Aber diesmal war ihm dieses Gefühl nicht geheuer. Es konnte mehr daraus werden als ein bloßes Abenteuer.

Vor so viel bäurischer Anmut war er damals auf den Landsitz einer Freundin, der schönen Principessa Cristina Belgiojoso geflohen, um Billard zu spielen, gut zu speisen und zu trinken, um den Salonlöwen zu geben und die Mésalliance mit der Schuhverkäuferin zu vergessen. Auf langen Spaziergängen mit der Principessa durch den nahe gelegenen Wald diskutierte er über das rätselhafte Phänomen der Liebe. Er gestand, dass er seine Gefühle nicht beherrschte, dass sie ihn attackierten wie wilde Tiere, die nur auf den ersten Blick wie harmlose Kätzchen ausgesehen hatten. »Ich fürchte, ich habe in der Liebe einen schlechten Geschmack«, sagte er einmal. »So scheint es mir auch diesmal zu sein. Gerade weil meine Kleine so wenig zu mir passt, so wenig meinen Ansprüchen an Konversation, an Lebensstil genügt, bin ich in sie hoffnungslos vernarrt. Ich fürchte, es ist eine echte amour fou. In Sie hingegen, die so schön sind und so voller Esprit, könnte ich mich nie verlieben. Es wäre eine Art Pleonasmus der Gefühle.« – »Sie Ärmster«, erwiderte die Principessa und hakte ihren Gast unter. »Sie leiden einfach zu gerne. Und doch haben wir uns einmal geliebt, auch wenn es nur ein flüchtiger Augenblick war.«

»Wie ist es zu diesem Augenblick, wie Sie sagen, eigentlich gekommen?«

»Ganz einfach. Sie waren betrunken, und ich war gelangweilt. Eine treffliche Mischung für derlei Begebnisse.«

Sie hatten inzwischen das linke Ufer des Seinebogens erreicht. Henri starrte in die langsam vorbeiziehende Strömung. »Flüsse sind gnadenlose Symbole für das Vergehen der Zeit. Ich mag sie deshalb nicht. Wie viel schöner ist doch das Meer, denn es ist ein Symbol der Ewigkeit.«

Das Ereignis, auf das die Principessa anspielte, war erst ein Jahr her. Er war damals auf eine Soirée eingeladen worden, in der Rue d'Anjou, in der auch der berühmte General Marquis de La Fayette wohnte. Seit Henri Heine in Paris lebte, wurde er in der Gesellschaft herumgereicht wie ein Gegenstand, der allgemeine Neugier erweckte. Die Gastgeberin, Cristina Belgiojoso, war eine Mailänder Prinzessin, die nach Paris emigrieren musste, weil sie zum Risorgimento gehörte. Sie teilte mit La Fayette die Liebe zur Freiheit, Gleichheit und Brüderlichkeit, die der General einst im amerikanischen Unabhängigkeitskrieg verteidigt hatte. La Fayette hatte ein Faible für Dichter mit fortschrittlichen Ansichten. Er hatte Henri in ihren Salon eingeführt. An diesem Tag war er jedoch nicht zu der Soirée gekommen, denn er schlug seine letzte Schlacht, bei der er wenige Wochen später unterlag. Er starb am 20. Mai 1834 im Alter von 76 Jahren.

Als Henri damals eintraf, hörte er schon auf der Straße Klavierklänge. Sie waren seltsam bizarr. So etwas hatte er noch nie gehört. Beim Eintreten erkannte er in dem Pianisten Franz Liszt, 23 Jahre alt, ein Schwarm der Frauen und ein umstrittener Künstler. Er spielte den von ihm verfertigten Klavierauszug der ›Symphonie Fantastique‹ seines Freundes Hector Berlioz. Spielen war nicht das richtige Wort. Er zelebrierte das Stück auf eine ekstatische Weise. Seine ganze Person, nicht nur die Hände, auch die Arme, die Ellbogen, der Oberkörper, die wild herabhängenden Haarsträhnen, die lange Nase, die funkelnden Augen, die unter der Tastatur tanzenden Beine bewegten sich konvulsivisch zu den Klängen. Die Töne schienen wie perlende Fontänen aus seinen Fingerspitzen auf die Tasten zu sprudeln. Alle hörten gebannt zu. Viele wussten, dass Liszt erst vor kurzem mit diesem Klavierauszug jämmerlich durchgefallen war. Die meisten Kritiker hielten ihn für einen Dilettanten, für einen Scharlatan mit schauspielerischen Fähigkeiten.

Heine erkannte auch andere Gäste unter den Zuhörern, zum Beispiel den zwergenhaften Berlioz. Seit seiner ›Symphonie Fantastique‹ war dieser eine geschätzte Berühmtheit, was nichts daran änderte, dass er immer ein wenig sauertöpfisch aussah. Seine völlig neue musikalische Wege einschlagende Symphonie, weg vom übermächtigen Erbe Beethovens, war das Produkt einer unglücklichen Liebe. Er hatte die irische Schauspielerin Harriet Smithson als Ophelia auf der Bühne gesehen und sich so in sie verliebt, dass er tagelang wie im Delirium durch die Pariser Straßen getaumelt war. Dabei hatten sich die Klänge und Melodien dieses revolutionären Musikdramas in seinem Kopf geformt. Die Symphonie war sofort ein großer Erfolg, obwohl oder vielleicht auch weil die meisten Pariser Berlioz für einen Irren hielten. Da die schöne Irin ihn nicht erhörte, trotz der verzweifelten Liebesbriefe, die er ihr schrieb, war er nach der Premiere der ›Symphonie Fantastique‹ in seinem Liebeskummer nach Italien geflohen, was ihm den Erhalt des begehrten Romstipendiums ermöglichte. Kurz nach seiner Rückkehr zwei Jahre später wohnte Harriet Smithson einer Aufführung der Symphonie bei. Sie begriff, dass diese eigenartige Musik die Gefühle des Komponisten für sie ausdrückte, ja, dass manche Stellen fast wie ein tonaler Koitus klangen. Wieder machte Berlioz ihr einen Heiratsantrag, und diesmal erhörte sie ihn, von der Macht der Musik betört. Sie heirateten, und jetzt hatte er eine hochschwangere, depressive Frau, die die Aufgabe ihres geliebten Berufes nicht verkraftete. Außerdem war er ein unverbesserlicher Schürzenjäger geblieben.

Neben dem Komponisten saß George Sand. Die Dreißigjährige war keine Schönheit, aber ihre Erscheinung erinnerte an einen Vulkan kurz vor dem Ausbruch, mit einer Magmakammer zwischen ihren Schenkeln. Sie trug einen längs gestreiften Frack, eine crèmefarbene Frackhose und rauchte eine Zigarre, um ihre Emanzipation zu demonstrieren. Seit ihrem zweiten Roman ›Lelia‹ war sie für die Franzosen eine skandalumwitterte Schriftstellerin, die für die hemmungslose Selbstverwirklichung der erotischen Ansprüche einer Frau eintrat. Im Hintergrund stand gegen eine Säule gelehnt der Lyriker und Stückeschreiber Alfred de Musset, bis vor kurzem noch der Liebhaber von George Sand, ein schwerer Alkoholiker, der ständig mit Depressionen und kurzen euphorischen Zwischenphasen rang. Neben ihm Frédéric Chopin, eine zarte, fast kindliche Gestalt mit einem schönen, unschuldigen Knabenantlitz. Unter den Gästen waren auch der Pianist und Klavierbauer Camille Pleyel und seine zweiundzwanzig Jahre jüngere Frau, die Konzertpianistin Marie Moke, die noch drei Jahre zuvor die Geliebte von Hector Berlioz gewesen war und nun mit Liszt eine Affäre hatte. Sie trafen sich zu heimlichen Schäferstündchen in Chopins Wohnung, wenn dieser auf Reisen war. Das Paar war sehr geschätzt, denn die Flügel der Firma Pleyel ermöglichten durch ihre verbesserte Stoßzungenmechanik Pianisten wie Liszt erst ein derart dynamisches Spiel. Nur die Klaviere von Sébastien Érard ließen mit ihrer komplizierten Repetitionsmechanik ein noch schnelleres Spiel zu, aber der Ton der Pleyelschen Instrumente war runder und schöner.

Chopin schien der spektakuläre Auftritt seines Freundes Liszt besonders gefallen zu haben, denn er applaudierte lauter als alle anderen, als sich der Pianist erhob und mehrmals gegen das Publikum verbeugte, wobei sich seine langen Haare wie ein Vorhang vor seinem Gesicht schlossen und wieder öffneten, wenn er den Kopf triumphierend zurückwarf.

Als nun die Anwesenden den Polen baten, auch etwas zum Besten zu geben, zierte er sich lange. Doch das erhöhte nur das Drängen der Gäste. Schließlich nahm er auf der Klavierbank Platz und öffnete ganz langsam den Deckel des Pleyelflügels, als verberge sich darunter eine geheimnisvolle und empfindliche Kostbarkeit. Dann wischte er mit einem weißen Seidentuch die Spuren von den Tasten, Schweißperlen von der Stirn seines Konkurrenten. Schließlich schloss er die Augen und begann. Der Anfang des Stückes war ähnlich virtuos wie das, welches Liszt gespielt hatte. Doch bewegte sich dieser Pianist dabei kaum. Der Eindruck einer gewissen Erstarrung verstärkte sich noch, als eine langsame Passage kam. Seine Hände glitten in sparsamen Bewegungen über die Tasten. Es sah aus, als streichle er sie behutsam. Die Klänge, die dabei entstanden, erinnerten an Blumen, die direkt aus der Stille wuchsen. Einige Damen seufzten. Als Chopin geendet hatte, entstand eine Pause, in die zögernd Applaus drang, als sei das Geräusch klatschender Hände eine Entweihung der eben vernommenen musikalischen Poesie. Liszt war aufgesprungen und umarmte Chopin, wobei der kleine Mann fast unter der Gestalt des Hünen verschwand.

Es ging auf Mitternacht zu. Alle waren bereits gegangen. Geblieben war nur Henri. Er lag wie versteinert zu Füßen der Gastgeberin, die auf einem Sessel Platz genommen hatte. Sie sprachen kein Wort. Plötzlich segelte ein schwarzes Stück Stoff langsam durch die Luft und blieb auf seinem Gesicht liegen. Noch andere Textilien schwebten herab. Seidenstrümpfe, ein Kurzkorsett, Strumpfbänder, ein Camisole. Zunächst rührte er sich nicht, doch dann bekam die Steingestalt Risse. Sie erhob sich und trat zu der Nackten, die im Sessel lag. Ihre Haut war schneeweiß, die durchsichtige Blässe des Gesichtes wurde von wilden, schwarzen Locken umrahmt. Die großen Augen und der halb offene Mund wirkten wie Ausschnitte in einer Maske aus Porzellan. Henri war wie von Sinnen. Gewöhnlich verführte er die Frauen, gewöhnlich diente ihm die langsame Prozedur des Entkleidens zur Befriedigung seiner sexuellen Wünsche. Diesmal war alles anders.

Es kam nie wieder zu einem solchen Moment. Aber sie blieben enge Freunde.

»Sie sind ein kostbares und zerbrechliches Gefäß, lieber Henri, das einen Henkel braucht«, weckte ihn eine Stimme neben ihm aus seinen Erinnerungen. Er bückte sich und warf einen trockenen Zweig ins Wasser. »Ich wäre überglücklich, wenn er flussaufwärts triebe«, sagte er. »Dann würde ich meine Freundin aufgeben und Ihnen einen Heiratsantrag machen.«

»Sie scherzen, mein Freund. Sie wissen, dass ich immer noch verheiratet bin, auch wenn ich meinen Mann vor etlichen Jahren verlassen habe. Außerdem, was ist die Ehe anderes als eine Gefängniszelle, zu der nur der Mann den Schlüssel hat. Ich bin eine Freiheitskämpferin, auch in dieser Hinsicht.«

Einige Wochen später kehrte Henri nach Paris zurück und warb um die Schuhverkäuferin Augustine Crescence Mirat. Seit er in der Hauptstadt war, lebte er wie die meisten Emigranten in verschiedenen Hotels. Er brauchte das Provisorium, denn er war noch zu frisch in dieser Welt, um sich eine Wohnung zu mieten und so eine neue Sesshaftigkeit zu etablieren. Eines Tages nahm er die Schuhverkäuferin mit auf sein Hotelzimmer und ließ Champagner und Austern kommen. Es folgte das übliche Ritual, in dem er sich blendend auskannte. Sie war zu seiner Verwunderung noch unberührt, ungewöhnlich für eine Pariser Grisette. Das gefiel ihm. Sie würde ihn nie betrügen. Er selbst betrog sie später nach Strich und Faden, aber das war etwas anderes. Die Principessa hatte recht, er allein besaß den Schlüssel, mit dem er das Gefängnis der Ehe verlassen konnte, wann immer es ihm passte.

Henri hatte, vielleicht aus schlechtem Gewissen, vor, seiner Geliebten einen festen Lebensrahmen zu geben. Als er sie umtaufte, war dies eine Form der Besitzergreifung. So wie man ein Schiff, das man erstanden hat, mit einem neuen Namen versieht. Den Namen Mathilde wählte er, weil er in beiden Sprachen, im Deutschen wie im Französischen, gebräuchlich war. Die Aussprache ihres echten Namens beschere ihm Halsschmerzen, behauptete er.

Sieben Jahre lebten sie in wilder Ehe zusammen. Mathilde konnte anfangs weder lesen noch schreiben und beherrschte auch keine Fremdsprache. Er hoffte, er könne sie erziehen, formen, zu seinem geistigen Kind machen. Ein vergebliches Unterfangen. Alle seine Versuche, Mathilde ein wenig Lebensart zu vermitteln, sie Gesangsunterricht nehmen zu lassen, um ihre schrille Stimme melodiöser zu machen, scheiterten kläglich an ihrer naiven Lebensfreude und ihrem Widerwillen gegen jede geistige Anstrengung. Nur ihm vorlesen konnte Mathilde bald einigermaßen, wenn auch mit leiernder Stimme. Sie interessierte sich einfach nicht für Kultur, auch nicht für seine Arbeit. Seine Gedichte schienen im Übrigen nichts zu taugen, wie sie fand, denn er feilte an ihnen ständig herum, wie ein Schuhmacher, der einen Leisten bearbeitet.

Mathilde erlaubte ihm durch ihre Kindlichkeit, zum ersten Mal in seinem Leben so etwas wie väterliche Gefühle zu entwickeln. Er selbst hatte nie einen richtigen Vater gehabt. Sein leiblicher Erzeuger war ein schöner Mann gewesen mit einem zerfließenden

Wesen. Er liebte nur seine Hunde, seine Pferde. Die Vaterrolle hatte die Mutter übernommen, die ihn streng erzog und alles dafür tat, aus ihm einen lebenstüchtigen und erfolgreichen Kaufmann zu machen.

Jetzt konnte er endlich so etwas wie eine feste Struktur in sein Emigrantenleben bringen, auch wenn Mathilde und er als Paar in jeder Hinsicht eine Antinomie bildeten, aus der keine Synthese hervorgehen konnte. Trotzdem nannten Freunde sie gerne Romeo und Julia.

Das Duell

1841 wurde Henri Heine in ein Duell verwickelt und sah darin einen Grund, eine Woche vorher seine Geliebte zu heiraten, um für ihre finanzielle Sicherheit zu sorgen, sollte er das Duell nicht überleben. Die Zeremonie fand nach katholischem Ritus statt, denn der frischgebackene Ehemann wollte es seiner Ehehälfte möglich machen, einst neben ihm bestattet zu werden. Der Anlass des Duells war eine Posse. Ludwig Börne, der einstige Freund Heines und Bruder im Geiste, war ebenfalls in den dreißiger Jahren ins Exil nach Paris gegangen und dort schnell Mittelpunkt der Gruppe der deutschen linken Emigranten geworden. Inzwischen waren die ehemaligen Freunde längst zu Gegnern geworden. Börne hatte Heine in seinen Schriften als unmoralischen Lüstling und Weiberhelden diffamiert. Heine, der nur sehr schwer Kritik vertrug, schlug mit einem Buch über Börne zurück, skandalöserweise drei Jahre nachdem dieser 1837 an einer Lungenentzündung verstorben war. Der Text war meisterhaft, mit dem Florett gefochten, doch manchmal holte sein Verfasser auch den Holzhammer heraus. Börne war schon in Frankfurt mit dem jüdischen Ehepaar Strauß liiert gewesen. Ursprünglich hatte er die Frau, Jeanette Wohl, heiraten wollen. Sie aber hatte den drei Jahre jüngeren Kaufmann Salomon Strauß dem Schriftsteller vorgezogen, unter der Bedingung, dass Börne bei dem Ehepaar leben durfte. Obwohl sich ihr Mann anfangs gegen diese Ménage à trois sträubte, setzte sich Jeanette durch. Ihr war demnach die komfortable Verbindung von Geld und Geist geglückt. Nun lebten alle drei zusammen in einer Wohnung in Paris. Heine beschreibt in seinem Börne-Buch, wie er Jeanette zum ersten Mal in Frankfurt begegnete: »Ich sah eine magre Person, deren gelblich weißes, pockennarbiges Gesicht einem alten Matzekuchen glich.« Und er mokierte sich auch über ihre Stimme, die »kreischend war wie eine Tür, die sich auf rostigen Angeln bewegt...«. Dabei hatte Frau Wohl ein angenehmes Äußeres und eine wohlklingende Stimme. Strauß teilte der Öffentlichkeit mit, er habe Heine zufällig auf der Straße getroffen und ihm eine Ohrfeige gegeben, die übliche Einladung zu einem Duell. Heine sei aber feige in die Pyrenäen geflüchtet. In Wahrheit war er dorthin in das Örtchen Cauterets zu einem Kuraufenthalt gereist. Als Heine von der verleumderischen Behauptung von Strauß erfuhr, brach er den Kuraufenthalt ab, kehrte nach Paris zurück, heiratete seine Geliebte und schickte seine Sekundanten zu Strauß. Da beide

Duellanten bürgerlich waren, wurde von den Sekundanten vereinbart, es bei der ungefährlichsten Variante zu belassen, einem einmaligen Waffengang bei einem Abstand von 100 Schritten. Heine hatte seinem Verleger Campe von dem bevorstehenden Duell geschrieben, und Campe hoffte, dass sein wichtigster Autor unverletzt bliebe, um weitere Werke von ihm erwarten zu können, oder aber dass er getötet würde, was den Verkauf der Bücher ankurbeln würde.

Am frühen Morgen des 7. September 1841 traf man sich auf einer abgelegenen Lichtung in Saint Germain. Die beiden Kontrahenten, ihre Sekundanten, ein Unparteiischer und als Arzt der berühmte Ferdinand Koreff, ein ehemaliger Freund E.T.A. Hoffmanns und Arzt vieler Pariser Künstler, dessen Stern bereits im Sinken war. Vielen erschien er mit seiner roten Lockenperücke und seinem bizarren Aufzug als skurrile Figur aus einem Schauerroman. Als Sekundanten hatte Heine ursprünglich zwei Freunde gewonnen, den Schriftsteller Théophile Gautier, berühmt durch seine Haschischexzesse, und Alphonse Royer, den erfolgreichen Opernlibrettisten. Doch sie waren wieder abgesprungen, als sie von Heines mangelhaften Schießkünsten erfuhren. Handgegossene Bleikugeln aus Vorderladern mit glatten Läufen gefährdeten am Rand stehende Sekundanten durch Streuung oft stärker als die Duellanten. Heine fand schnell Ersatz, unter anderem den Chemiker, Erfinder und Vielschreiber Cyprien Tessié du Motay, der auch seine Nordseegedichte übersetzt hatte, ohne dass es zu der von Heine so ersehnten Drucklegung in Frankreich gekommen war. Ein letzter Versuch, den Waffengang gütlich durch eine Entschuldigung Heines zu verhindern, war vergeblich. Die Gegner standen Rücken an Rücken. Heine spürte die ihm unangenehme Nähe des Anderen. Fast hätte er wieder eine beleidigende Bemerkung gemacht. Auf ein Kommando des Unparteiischen bewegten sich die Kontrahenten jeder fünfzig Schritte voran, ehe sie sich umdrehten und auf ein zweites Kommando des Unparteiischen hin ihre schweren Duellpistolen hoben und über das Korn zielten. Heine hörte überlaut den Morgengesang der Vögel. Dann kam das Kommando zum Schießen. Heine hatte keine Chance, seinen Gegner zu treffen, denn er war nicht nur kurzsichtig, er litt seit einigen Jahren auch unter einer Akkomodationsschwäche der Augen. Er sah alles doppelt, hatte also zwei Kontrahenten vor sich. Außerdem musste er mit der linken Hand zielen, da die Rechte teilweise gelähmt war. Sein Widerpart war durch die Umstände daher deutlich begünstigt. Der Schuss des Gegners war so laut, dass dem Dichter der Kopf zu platzen schien. Er glaubte die Kugel wie einen Himmelskörper aus dem Weltall heranfliegen zu sehen. Dann spürte er einen heftigen Stoß und fiel auf den Rücken. Er schoss in die Baumkronen, und ein Schwarm schwarzer Krähen erhob sich krächzend. Die Kugel des Gegners hatte Heine an der Hüfte getroffen. Ein Streifschuss, der wegen der Schwere der siebzehn Millimeter dicken Bleikugel eine Fleischwunde und einen Bluterguss zur Folge hatte, den Knochen aber unverletzt ließ. Koreff untersuchte den Verletzten an Ort und Stelle, stillte die blutende Wunde, legte einen provisorischen Verband an und strich ein paarmal über die lädierte Hüfte, denn er war Anhänger Mesmers und vertraute auf die heilende Wirkung des animalischen Magnetismus. Dann trugen die Sekundanten den Dichter zur Mietkutsche und legten ihn vorsichtig auf die Rückbank. »Ich habe auf Gott geschossen«, flüsterte der, »aber ich habe ihn offenbar verfehlt.«

Bimini

Die frisch Vermählten zogen in die Rue Faubourg Poissonière und begannen ein biedermeierliches Leben. Die kleine Wohnung war bescheiden möbliert, das meiste stammte vom Flohmarkt. Die Wanduhr war der einzige Luxus, aber ihr Pendel war stillgelegt wegen der Geräuschempfindlichkeit des Dichters. Alles war in dunklem Braun gehalten. Überall lagen Spitzendeckchen, Insignien des kleinbürgerlichen Geschmacks Mathildes. Kleinbürger waren nach Meinung von Heines Freund Karl Marx die eigentliche Grundlage der bestehenden Zustände, und diese Zustände waren höchst fatal. Vielleicht hatte die chronische Krankheit des Dichters, die schon in den dreißiger Jahren ausgebrochen war, dessen Abkehr von revolutionären Ideen unterstützt, denen er lange angehangen hatte. Körperliches Leiden macht reaktionär. Es fördert höchstens die Kreativität, aber keineswegs die Fähigkeit zu politischen Visionen. Unerträgliche Kopfschmerzen, Lähmungserscheinungen, nachlassende Sehkraft, Schwindelanfälle: Die fromme Mathilde reagierte nicht sehr mütterlich, als sich diese

Symptome zu häufen begannen. Schließlich war alles Gottes Wille. Wenn ihr Gatte wieder genesen würde, würde es nicht den Ärzten oder einer guten Pflege zu verdanken sein, sondern der Güte des Herrn.

Henri nahm es seiner Frau nicht übel, dass sie sich mehr um das Wohlergehen Cocottes als um seines kümmerte. Zu viel Zuwendung hätte er sowieso nicht ertragen, da das den Ernst seiner Situation zu deutlich gezeigt hätte. Außerdem, Mathilde war eben Mathilde, ein echtes Kind des Volkes, naiv, streitsüchtig, warmherzig, wenn sie Lust dazu hatte, kaltherzig, wenn ihr nichts Besseres einfiel. Sie verfügte über eine durch nichts zu trübende Munterkeit als Schutzwall gegen widrige Lebensumstände. Im Grunde war Henri froh über ihre Widerstandskraft gegen jedwede Erziehung. Mit gutbürgerlichen Frauen höherer Bildung hatte er nur schlechte Erfahrungen gemacht.

Jetzt sitzt Mathilde in einer der typischen schmucklosen Vorstadtkneipen, speist, trinkt und unterhält sich mit den Gästen. Alle sprechen das Argot der einfachen Leute. Je mehr sich Mathilde in die Obhut der grünen Fee begibt, umso wohler fühlt sie sich. Sie beschreibt ihren kranken Gatten als ein armes Vögelchen, das gutmütig ist, wenn auch ein wenig verwirrt im Kopfe. Als sie beiläufig den Grund ihres Hierseins erwähnt, bekommt sie einen Tipp. Sie solle es einmal in der Grand Rue aux Batignolles Nummer 51 versuchen. Les Batignolles ist ein Petit Banlieu, ein ländlich geprägter, trostloser Stadtteil außerhalb der aus Gründen der Zolleintreibung im 18. Jahrhundert gebauten Mauer der Generalpächter im Norden von Paris.

Mathilde macht sich leicht schwankend auf den Weg. Als sie vor dem Anwesen Nummer 51 steht, rümpft sie die Nase. Hier würde man nirgendwo standesgemäß essen können, denkt sie. Aber ihrem Vögelchen wird die Ruhe bestimmt guttun. Sie wird sich mit der Wirtin schnell einig, und zum ersten August bezieht das Paar die Wohnung im Parterre des Gartenhauses.

Anfangs sitzt der kranke Poet oft im Garten unter einem Pflaumenbaum. Die gute Luft tut ihm wohl. Er ist zwar kein Anhänger Rousseaus, den er einen brillanten Lügner und eitlen Brummbären nennt. Aber er hat, vor allem durch seine Aufenthalte an der Nordsee, auf Helgoland und Norderney, die heilende Kraft der Natur schätzen gelernt. Im Haus ist es allerdings so feucht, dass er sich bald eine Halsentzündung holt. Außerdem gibt es Streit mit der Wirtin. Und nicht zuletzt stören ihn die schrillen Pfiffe der Lokomotiven. Der neue Gare St. Lazare ist nicht weit, ein Tatbestand, der ihn ständig daran erinnert, dass eine neue Zeit angebrochen ist, die seine der Romantik verpflichteten ästhetischen Überzeugungen veraltet erscheinen lässt.

Mathilde ist inzwischen auf Geheiß ihres Mannes

erneut auf Wohnungssuche. Da der Dichter bereit ist, mehr Geld für die Miete auszugeben, wird sie bald fündig: eine Wohnung im fünften Stock in der Rue Matignon in der Nähe der Champs-Élysées. Als sie Ende Oktober 1854 umziehen wollen, muss sich Henri erst einen Abszess am Gesäß – die Folge des ständigen Liegens – aufschneiden lassen. Endlich, am 6. November, kann man ihn in die neue Wohnung transportieren, eine Reise, die wegen der vielen Baustellen zwei Stunden dauert. Er liegt auf einem Stapel Matratzen, trotz der schmerzenden Wunde auf dem Rücken, denn wenn er auf der Seite liegt, wird ihm regelmäßig schlecht, und er muss sich übergeben. Sein Arzt Doktor Gruby, den Heine gewöhnlich respektlos den »dummen Ungarn« nennt, hat seinem Patienten eine besonders große Dosis Morphium verabreicht, damit er die Fahrt besser durchstehen kann. Das Narrenschiff, mit dem sie das Häusermeer der Großstadt befahren, ist ein offener Kremserwagen, schlecht gefedert, mit eisenbeschlagenen Rädern. Der Kranke trägt eine gefütterte Jacke, eine Daunendecke über sich gebreitet. Im Wagen befindet sich das ganze kümmerliche Mobiliar: ein kleiner Schreibtisch, Stühle, ein Esstisch, Töpfe, Pfannen, Geschirr. Außerdem ein Nachtstuhl aus gedrechseltem Mahagoni, den Mathilde ihm zu seinem 50. Geburtstag geschenkt hat, natürlich von seinem Geld. Mathilde sitzt mit ihrer

Freundin Pauline Rouge im vorderen Teil des Gefährts, eine Voliere mit ihren inzwischen zwei Papageien in greifbarer Nähe.

Der Dichter stemmt sich zuweilen hoch und sieht über den Rand des Kremserwagens. Jetzt ist die Stadt, durch die er früher so gerne flanierte, selbst schwer erkrankt. Sie hat unerträgliche Kopfschmerzen, sie ist an vielen Stellen gelähmt, sie leidet an Verstopfung, ihr Herz schlägt überlaut und unregelmäßig. Er glaubt, sie stöhnen zu hören. Manchmal schreien die Häuser vor Qual. An anderen Stellen ähnelt Paris einer Leiche in der Anatomie. Überall Schnitte, klaffende Wunden, herausoperierte Organe, Zerstückelungen, amputierte Gliedmaßen. Der Präfekt Eugène Haussmann, der sich als der große Heiler aller baulichen Übel der Metropole empfindet, leistet bei der Zerstörung des alten Paris mit seinen verwinkelten mittelalterlichen Straßen und kleinen Plätzen ganze Arbeit. Er ist ein neurotischer Saubermann, der Chaos und Schmutz fürchtet, als seien es die Schwefeldünste des Leibhaftigen.

Wieder drückt sich Henri mit den Armen hoch. »Auf nach Bimini«, ruft er. Plötzlich gibt es einen Ruck, und er fällt zurück auf sein Bett. Die Papageien beginnen zu kreischen, der Kutscher flucht. Er hat den Wagen gegen ein Hindernis gelenkt. Während er Mühe hat, das Pferd zu bändigen, lächelt Heine zufrieden. Die Situation ist ihm nicht neu. Er hat sie längst innerlich erlebt, seit er an seiner großen Verserzählung über den spanischen Konquistadoren Juan Ponce de Leon schreibt. Das in Trochäen verfasste Epos erzählt die Geschichte des Spaniers, der einst Florida eroberte und sich dann schwerkrank auf die vergebliche Suche nach dem sagenhaften Jungbrunnen auf der Insel Bimini begab. Heine arbeitet seit Jahren immer wieder in langen schlaflosen Nächten an diesem Text. Er ist noch immer ein Fragment, obwohl bereits fast 200 Strophen lang. Es soll neben seinen Memoiren sein Hauptwerk werden, seine fiktive Biografie, die Irrfahrten seines Doppelgängers. Ist nicht auch er wie Ponce de Leon auf der Suche nach dem Wunderland mit seiner sagenhaften Quelle, die ewige Gesundheit verheißt? Und ist er nicht inzwischen genau so dünn, so mager wie dieser spanische Ritter der traurigen Gestalt? Hat er nicht die gleichen eingefallenen Wangen, den gleichen dünnen Bart? Auch Don Quichotte sah so aus. Alle drei sind sie dürre Phantasten, die zwischen Realität und Phantasie nicht recht unterscheiden können. Das ist auch sein Problem, vor allem wenn er Morphium genommen hat. Die Wirklichkeit ist dann ein quälender Alptraum, und die Träume sind eine ekelerregende Ausscheidung der Wirklichkeit. Er kennt die Verse seines Epos inzwischen auswendig. Jetzt fällt ihm die zur Situation passende Stelle ein:

»Bimini bei deines Namens
Holden Klang, in meiner Brust
Bebt das Herz, und die verstorbnen
Jugendträume, sie erwachen.
Auf den Häuptern welke Kränze,
Schauen sie mich an wehmütig;
Tote Nachtigallen flöten,
Schluchzen zärtlich, wie verblutend.
Und ich fahre auf, erschrocken,
Meine kranken Glieder schüttelnd
Also heftig, daß die Nähte
Meiner Narrenjacke platzen
Doch am Ende muß ich lachen,
Denn mich dünket, Papageien
Kreischten drollig und zugleich
Melancholisch: Bimini.«

Er hat seit zwei Wochen keine Verdauung mehr gehabt. Dafür umso mehr Blähungen. Vielleicht segelt sein Narrenschiff mit diesen Winden, die seine
schwarzen Segel füllen. »Ich glaube, ich kann kacken«
schreit er plötzlich. Mathilde und Pauline stürzen herbei, heben ihn auf den Nachtstuhl und halten ihn fest,
während er sich unter Stöhnen erleichtert. So fahren
sie ein in die Rue Matignon.

Der neue Ort ist zwar kein Bimini, aber doch un-
vergleichlich viel komfortabler als die früheren Woh-

nungen. Nach dem chaotisch bebauten, schmutzigen Norden der Stadt mit all seinem Lärm und Kot ist das neue Viertel im Süden, in dem die Rue Matignon liegt, beinahe ein Paradies. Zu den Champs-Élysées, dieser breiten ›Allee der elysischen Felder‹ mit ihren prächtigen, die Prachtstraße flankierenden Gärten ist es nicht weit. Im Frühling wird er Vogelstimmen hören können. Die alten Wohnungen hatten nur zwei Zimmer gehabt, die neue hat deren drei. Er verfügt nun über den Luxus eines eigenen Krankenzimmers und benötigt keinen Paravent mehr, um für sich ein wenig Privatsphäre zu simulieren.

Die Göttin der Wildnis

Gegen Ende des Jahres 1854 spielt das Wetter im Osten Europas verrückt. Über dem Schwarzen Meer hat sich ein gewaltiger Orkan gebildet, durch den ein Teil der französischen Flotte, die im Krimkrieg zusammen mit türkischen und englischen Schiffen Sewastopol belagert, zerstört wird, weil die Anker im felsigen Untergrund der Kamieschbucht nicht genügend Halt finden.

Im Westen des Kontinents herrscht zur selben Zeit eine stabile Hochdruckwetterlage, aus der sich ein Winter mit ungewöhnlich tiefen Temperaturen und stahlblauen Himmeln entwickelt. Doch als es einer wärmeren Luftmasse vom Atlantik her gelingt, in den großen Kältetropfen über Nordfrankreich einzudringen, kommt es zu enormen Schneefällen. Der Schnee bleibt in den Straßen der französischen Hauptstadt liegen, weil das Hoch seine Lage nicht verändert. Paris sieht bald aus wie eine von der Sonne beschienene, riesige Daguerrotypie, bei der sich die polierten hellen und dunklen Partien zu einem Negativ umgekehrt haben.

Heine liegt auf dem Balkon, zusammengekrümmt

wie ein Embryo, unter einem Zelt, das seine Frau aus weißem Linnen für ihn genäht hat. Die Luft ist eiskalt. Er hört in der Ferne ein knirschendes Geräusch: Zahllose Eisschollen treiben die Seine hinab. Aber ihm ist warm unter dem Federbett. Es schneit. Er glaubt, auch die Flocken zu hören, dieses helle Vibrieren der Schneekristalle, und er stellt sich vor, wie sie schräg auf den Fluss treffen und dort sterben. Sie gehen nicht einfach unter. Sie verwandeln sich bei ihrem Tod in Wasser. So will auch er sterben, nicht einfach untergehen, sondern in einer Metamorphose verschmelzen mit dem, was ihn umgibt. Nach einem kristallinen, brüchigen Leben zu einem formlosen Tropfen werden im Strom der Zeit.

Jetzt hört er von der Schneedecke gedämpftes Pferdegetrappel und lautes Schellengeläut. Ein Pferdewagen fährt vorbei. Sicher eine Berline, wie sie neuerdings in Paris so beliebt ist. Wahrscheinlich sitzt eine schöne Frau im Kutschkasten. Er stellt sie sich vor, wie sie sich aus dem Fenster lehnt und ihm zuwinkt. Sie ist wirklich sehr reizend. Früher hätte er alles getan, um sie zu verführen. Darauf verstand er sich. Ja, er hatte es in dieser Kunst zu einer gewissen Meisterschaft gebracht. Sich kleiner machen als man ist, mütterliche Gefühle wecken, das ist der erste Schritt. Dann sich vom schutzlosen Kind in den resignierten Mann verwandeln, der Trost braucht. Der ewig Missverstandene. Diese Rolle fiel ihm besonders leicht, denn entsprach sie nicht der Realität? Tatsächlich versteht ihn niemand. Die Kritiker nicht, das Publikum nicht, sein Verleger nicht, seine Freunde nicht, die Ärzte nicht, die sein Leiden für eine vorübergehende Schwäche seiner Physis halten, und manchmal auch er selber nicht. Schließlich kommt der dritte Schritt, die Wandlung zum stürmischen Liebhaber, der sich aus dem unansehnlichen Körper einer Raupenexistenz befreit und als bunter Schmetterling mit seinem Rüssel den Nektar aus der Blüte zu saugen beginnt.

Er wälzt sich stöhnend auf den Bauch und kriecht auf allen vieren zurück ins Zimmer. Fest an die Wand gedrückt, gelingt es ihm aufzustehen. Da ist weißer Nebel. Nur weißer Nebel. Ein weißer Abgrund. Überempfindlichkeit gegenüber Licht, die Folge einer irreversiblen Pupillenerweiterung. Die Pupille seines rechten Auges ist so groß wie die ganze Iris. Ein schwarzes Loch, ein tiefer Brunnen, in den die Gegenstände hineinfallen wie unförmige Schatten. Sein linkes Auge ist geschlossen, das Lid hängt vor ihm herab wie eine Jalousie.

Da ist ein Tier im Nebel. Es bewegt sich langsam, kriecht voran mit seinen fünf Gliedmaßen, Zentimeter für Zentimeter. Manchmal verharrt es, und die Finger krümmen sich, bis eine Faust entsteht. Es ist seine rechte Hand, die im Gegensatz zur linken noch einigermaßen beweglich ist.

Als er den von einer Rehhaut bedeckten Matratzen-
stapel erreicht hat, geht er auf die Knie, als ob er beten
will, und schiebt sich auf sein Bett. Die Wanzen erwarten ihn schon. Sie lieben ihn. Sie schätzen sein süßes
Blut, vielleicht auch das in ihm enthaltene Rauschmittel. Er tastet nach der roten Lederbörse unter seinem
Kopfkissen. Sie enthält seine eiserne Reserve, mehrere
goldene Münzen mit dem Konterfei Napoleons III.
Das übrige Geld aus Honoraren und Börsenspekula-
tionen verwaltet seine Frau auf eine Weise, die einem
ständigen Aderlass an seinen Finanzen gleichkommt.
Die Börse ist noch da, das beruhigt ihn. Er schließt
das rechte Auge, obwohl er dies ein wenig albern findet, denn er sieht ja sowieso fast nichts mehr. Frisch
Verstorbene liegen häufig da mit offenen Augen. In
seinem Fall wird das nicht der Fall sein. In der Ferne
glaubt er Gewehrschüsse zu hören. Gibt es schon wieder einen Aufstand? Dann in der Nähe eine schrille,
hohe Stimme. Mathilde oder Cocotte, der seine Herrin
täuschend zu imitieren versteht. Leider hört er viel zu
gut. Selbst das Ticken einer Uhr ist ihm unerträglich.
Jedes Geräusch formt eine Gestalt in seinem Kopf. Ist
es zu laut, platzt die Gestalt in seinem Schädel und
verwüstet das Feld der Gedanken. Die Stimme nähert
sich. Sie gehört zweifellos dieser Person, die zu lieben
er sich einredet. Vielleicht liebt er sie sogar wirklich.
Aber was ist schon Liebe. Kaum mehr als das Trug-

bild einer erhitzten Phantasie. Er weiß nicht, wie spät es ist, denn er hat vor wenigen Tagen seine wertvolle Repetieruhr, ein Werk des großen Pierre le Roy, aus dem Fenster geworfen. Das Geschenk eines Verehrers, das nutzlos geworden ist, denn er kann schon lange das Zifferblatt nicht mehr ablesen, und die Schläge des Repetierwerks quälten ihn genauso wie sein hämisches Ticken. Die Uhr war vermutlich in den Schnee gerollt. Er hat kurz darauf ein dumpfes Geräusch gehört, das sich in Kindergelächter mischte. Wahrscheinlich hat ein Kind die Uhr für einen Schneeball gehalten und gegen eine Laterne geworfen.

Jetzt hört er eine Kirchturmuhr viermal schlagen. Sicher die vom Invalidendom. Wieso ist Mathilde so früh zurück? Sie pflegt doch die Nachmittage mit ihren Freundinnen in einem Restaurant zu verbringen, unentwegt trinkend, speisend, redend. O ja, das kann sie ausgezeichnet. Die Wörter plätschern aus ihr heraus in der Gegenströmung des Champagners. Jetzt kommt sie ins Zimmer, nähert sich, kniet nieder und küsst ihn auf die Stirn. Sie riecht stark nach Alkohol. Er weiß, sie hat nicht nur Champagner getrunken, sondern auch Absinth. Dann vernimmt er, wie sie sich aus ihren Hüllen schält. Erst der Umhang, dann die Krinoline, dann das Korsett, ein Korsett für Schwangere, das sie wegen ihrer Leibesfülle von über 90 Kilo trägt, schließlich der Unterrock und die Unterhose mit dem offenen Schritt. Das ist ein Rauschen und Seufzen ohne Ende. Jetzt kommen die Strumpfbänder an die Reihe. Er hört, wie seine Frau die doppelte Schleife aufnestelt, mit der die Strumpfbänder unter den Knien befestigt sind. Zuletzt dann das Ausziehen der langen Wollstrümpfe, die aufgerollt werden, wobei Mathilde zufrieden seufzt. Die ganze Prozedur dauert ewig, wie ihm scheint. Ein Aufschub, bevor das Unabwendbare geschieht: Der nackte Frauenkörper schiebt sich auf ihn. Die weichen Brüste, der große Bauch, die prallen Schenkel. Ihm fallen Verse ein, die er vor vielen Jahren schrieb. Ein Gedicht an die Göttin Diana.

»Diese schönen Gliedermassen
Kolossaler Weiblichkeit
Sind jetzt, ohne Widerstreit,
Meinen Wünschen überlassen.
Wär ich, leidenschaftentzügelt,
Eigenkräftig ihr genaht,
Ich bereute solche Tat!
Ja, sie hätte mich geprügelt.
Welcher Busen, Hals und Kehle!
(Höher seh ich nicht genau.)
Eh' ich mich ihr anvertrau,
Gott empfehl ich meine Seele.«

Ja, Mathilde ist seine Diana, die Göttin der Wildnis und der Jagd.

Er krümmt sich noch mehr zusammen. Dann beginnt er mit seiner rechten Hand die hügelige Landschaft über sich zu erkunden. Da er weiß, was seine Frau erwartet, führt er zwei Finger in die Stelle ein, die in der bildenden Kunst gewöhnlich ein Feigenblatt bedeckt, und beginnt, sie rhythmisch hin und her zu bewegen. Während er das allmählich stärker werdende Stöhnen Mathildens vernimmt, kommen sie wie von selbst, neue Verse, aus deren Musik es für ihn kein Entrinnen gibt und die er sich nur noch merken muss. Als seine Frau vor Lust aufschreit und wie in einem epileptischen Anfall zu zucken beginnt, sind die Verse vollendet.

Später ist er wieder allein. Er kriecht zu dem niedrigen Tisch neben dem Bett und kniet davor nieder. Mit der linken Hand zieht er sein rechtes Augenlid hoch, und mit der anderen führt er eine Bleifeder über den Papierbogen. Speichel tropft aus seinem Mund auf die übergroßen Buchstaben.

»Des Weibes Leib ist ein Gedicht,
Das Gott der Herr geschrieben
Ins große Stammbuch der Natur,
Als ihn der Geist getrieben.
Ja, günstig war die Stunde ihm,

47

Der Gott war hochbegeistert;
Er hat den spröden, rebellischen Stoff
Ganz künstlerisch bemeistert.
Fürwahr, der Leib des Weibes ist
Das Hohelied der Lieder;
Gar wunderbare Strophen sind
Die schlanken, weißen Glieder.
O, welche göttliche Idee
Ist dieser Hals, der blanke,
Worauf sich wiegt der kleine Kopf,
Der lockige Hauptgedanke!
Der Brüstchen Rosenknospen sind
Epigrammatisch gefeilet;
Unsäglich entzückend ist die Zäsur,
Die streng den Busen teilet.
Den plastischen Schöpfer offenbart
Der Hüften Parallele;
Der Zwischensatz mit dem Feigenblatt
Ist auch eine schöne Stelle.
Das ist kein abstraktes Begriffspoem!
Das Lied hat Fleisch und Rippen,
Hat Hand und Fuß; es lacht und küßt
Mit schöngereimten Lippen.
Hier atmet wahre Poesie!
Anmut in jeder Wendung!
Und auf der Stirne trägt das Lied
Den Stempel der Vollendung.

Lobsingen will ich dir, o Herr,
Und dich im Staub anbeten!
Wir sind nur Stümper gegen dich,
Den himmlischen Poeten.
Versenken will ich mich, o Herr,
In deines Liedes Prächten;
Ich widme seinem Studium
Den Tag mitsamt den Nächten.
Ja, Tag und Nacht studier ich dran,
Will keine Zeit verlieren;
Die Beine werden mir so dünn –
Das kommt vom vielen Studieren.«

Der Spiegel

Heine lebte 1832 schon anderthalb Jahre in Paris und fühlte sich in der Stadt »wie ein Fisch im Wasser«, wie er im Oktober des Jahres an den befreundeten Komponisten Ferdinand Hiller schrieb, denn das Leben in dieser Stadt gefiel ihm außerordentlich gut. Würde ein Fisch einen anderen Fisch nach seinem Befinden fragen, würde er sagen, er fühle sich wie Heine in Paris, schrieb er Hiller. Dabei zeigten sich bereits die ersten Symptome seiner Krankheit, Kopfschmerzen, eine zuweilen unnatürliche Röte des Gesichts und eine Lähmung zweier Finger der linken Hand. Auch die Situation in der Hauptstadt war alles andere als gut. Die Cholera hatte in einem halben Jahr 19.000 Einwohner von Paris dahingerafft, was nicht zuletzt an den schlechten hygienischen Verhältnissen lag, dem verseuchten Wasser, das teilweise aus der mit Fäkalien kontaminierten Seine stammte, teilweise auch aus dem ebenfalls verschmutzten Wasser des Ourcqkanals. Die meisten Ausländer und die, die es sich leisten konnten, verließen die Stadt, während Heine blieb, nicht etwa weil er so mutig war – er hätte sich nur zu gerne zu den Choleraflüchtlingen gesellt –, sondern weil er als Korrespondent für Cottas Augsburger Allgemeine Zeitung arbeitete und durch die Seuche ein spannendes Aufflammen des Volkszorns zu erwarten war.

Heine fuhr zum Kuren ans Meer nach Le Havre, Boulogne-sur-Mer, Granville und konsultierte den berühmten Doktor Koreff und, als eine Schwäche der Sehkraft hinzukam, den führenden Pariser Augenarzt Julius Sichel, der ein Anhänger von Aderlässen und Blutegeltherapien war. Doch die mysteriöse Krankheit des Dichters rollte unaufhaltsam und sich von Jahr zu Jahr beschleunigend wie ein Stein den Abhang seines Lebens hinab, und Heine stolperte hinterher.

Ausgerechnet im Revolutionsjahr 1848 erlitt Heine im Louvre vor der Statue der Venus von Milo einen epileptischen Anfall. Er hatte die Skulptur lange angestarrt und dabei vergeblich versucht, sich vorzustellen, wie die fehlenden Arme ausgesehen hatten. Plötzlich hatte er einen heftigen Schmerz in seinen eigenen Armen gespürt, als würde jemand versuchen, sie auszureißen. Der Schmerz hatte sich über seinen ganzen Körper ausgebreitet und zu einem Zucken seiner Gliedmaßen wie in einem Veitstanz geführt. Nach dem Abklingen des Anfalls war seine rechte Körperhälfte gelähmt.

Immer wieder gab es danach Zeiten, in denen die Symptome wieder schwächer wurden oder fast ganz verschwanden, aber ebenso häufig kehrten sie in verschlimmerter Form zurück. David Gruby, ein untersetzter Mittvierziger, der sich ab Oktober 1848 um den Poeten kümmerte, fand schnell heraus, dass er seinen inzwischen berühmten Patienten nicht retten konnte, aber er tat mit einigem Erfolg alles dafür, sein Leben zu verlängern, zumal er spürte, dass der Kopf dieses Mannes trotz der Hinfälligkeit des Körpers besser denn je zu arbeiten wusste.

In den letzten Monaten seines Lebens, befreit von vielen ablenkenden Zwängen irdischen Daseins wie zum Beispiel der Liebesspiele und der Besuche in den Salons, schreibt Heine seine besten Texte. Das ist nicht zuletzt das Verdienst des ungarischen Arztes und Forschers – und natürlich auch des Morphiums, das, in großen Dosen verabreicht, Heine zu stabilisieren vermag, auch wenn er nach der Einreibung, die mehrmals am Tage erfolgt, und nach zusätzlicher oraler Einnahme das Gefühl hat, sein Kopf sei wüst und leer, ein Tanzboden, auf dem sich die tanzsüchtigen »Willis« – Bräute, die nach einer österreichischen Sage vor dem Hochzeitsfest gestorben sind und seitdem nicht mehr ruhig im Grab liegen bleiben können – mit ihren Verehrern, den Gedanken des Kranken, in einem fort drehen, bis sie tot umfallen und in Sekundenschnelle zu Skeletten abmagern. Die Droge hat einen eigentümlichen Einfluss auf seine Texte. Wenn die Wirkung nachlässt, scheinen die Reime zu lebendigen Wesen zu werden, die sich in seinen Ohren versammeln und dort regelrechte Bocksprünge und Veitstänze vollführen.

Gruby mag Heine, Heine mag Gruby. Beide sind Juden. Beiden hat das Probleme bei ihrer Karriere eingebracht. Beide sind Migranten. Beide hat es in das weltoffene Paris verschlagen, um Berufsverbot und Zensur zu entgehen. Der eine, zehn Jahre jünger, ist ein Mann der Wissenschaft, ein Mann der Zukunft, der andere ist ein Mann der Poesie, ein Mann der Vergangenheit. Der eine ist gutmütig, der andere ist spottsüchtig. Beide sind scharfe Beobachter. Der eine nutzt dazu optische Instrumente wie den Refraktor und das Mikroskop, der andere die Schärfe der Imagination und die scheinbare Harmlosigkeit wohlklingender Reime, kombiniert mit provokanten Inhalten. Was sie jedoch stark voneinander unterscheidet, ist das Ausmaß an Selbstbewusstsein. Gruby ist ein bescheidener Mann, während sein Patient, was die eigene Wertschätzung anbelangt, höchst unbescheiden ist. Was sie darüber hinaus trennt, ist ihre finanzielle Lage. Heine leidet unter ständigem Geldmangel, was bei den großen Kosten der Krankheit, der Ärzte, der Medikamente, die er braucht, vor allem des Morphiums, kein Wunder ist. Gruby hat es hingegen, bevor er der beliebteste Arzt der Pariser Bohème wurde, bereits zu einem gewissen Wohlstand gebracht, da er ein Taschenmikroskop entwickelt hat, das in eine Schnupftabaksdose passt und mit seiner 800-fachen Vergrößerung großen Instrumenten in nichts nachsteht. Der Schweizer Feinmechaniker Jean Brunner, der ebenfalls in Paris lebt, baut seitdem das Taschenmikroskop für Gruby in großer Stückzahl. Die Nachfrage seitens der Ärzte, aber auch der Liebhaber ist groß. Auch im Ausland. In England kostet zum Beispiel ein solches Instrument 6 Pfund Sterling.

Gruby ist nicht nur ein guter Arzt, er ist auch ein Pionier der Dermatologie, ja, ihr eigentlicher Begründer. Er hat winzige Lebewesen entdeckt, die in den Haarfollikeln von Menschen und Tieren leben. Er nennt sie Parasiten, später sagt man Haarmilben zu ihnen. Sie ernähren sich seiner Beobachtung nach vom Sekret der Talgdrüsen in den Follikeln. Werden sie zu zahlreich, haben die Haarwurzeln keinen Halt mehr, und die Haare fallen aus. Um diesen Vorgang wissenschaftlich zu belegen, hatte Gruby einmal Haarmilben in das Fell eines Hundes inokuliert, mit der Folge, dass dieser völlig kahl wurde. Gruby brachte es nicht fertig, das Tier einzuschläfern, obwohl es apathisch wurde und kaum mehr fraß. Er ließ einen wärmenden Anzug für den Hund anfertigen.

Gruby verlässt sein Reich nur, wenn es unbedingt nötig ist. Er ist kein Flaneur, während Heine ein großer Flaneur gewesen war. Solange er noch laufen konnte, war er täglich durch die Straßen spaziert und hatte Menschen beobachtet, ohne sich wirklich für sie zu interessieren. Das war nicht etwa Gleichgültigkeit, sondern die ehrliche Überzeugung, dass es sich nicht lohnt, um diese Sterblichen zu viel Wesens zu machen. Sie haben alle ihre Chance gehabt, ihr Schuldenkonto zu minimieren. Es geht dabei vor allem um die Schuld, zu wenig aus sich gemacht zu haben. Dass man nur für eine befristete Zeit existiert, ist die Daumenschraube, die jedem Einzelnen vom Schicksal angelegt wird.

Gruby sitzt in einem abgedunkelten Arbeitszimmer unter der Kuppel seines Observatoriums und starrt auf die polierte Metallplatte des Tisches vor ihm. Dann zieht er an einem Seil. Eine Luke im Kuppeldach öffnet sich, und ein Bild erscheint auf der Platte. Eine Straße. Dächer mit ihren Schornsteinschloten. Sie sehen aus wie die Gliederfüße eines Wurmes, der sich bis zum Horizont ringelt. Der Mann zieht an einer weiteren Schnur, und ein anderes Bild erscheint. Ein Kind rennt auf dem Kopf eine Gasse entlang.

Er öffnet eine Flasche Tokaier, füllt ein großes Glas und leert es in einem Zug. Dann nimmt er einen schwarzen Lederkoffer und geht hinunter in den Innenhof. Er wirft den Glasbehältern voller Frösche, Lurche und Salamander einen kurzen, taxierenden Blick zu. An seiner meteorologischen Station hält er inne und liest die Werte des Thermometers, des Haarhygrometers und des Torricellibarometers ab, wobei er die Werte in einem Notizbuch festhält. Der Wind ist an diesem Tag von mittlerer Stärke und kommt von Westen. Der Himmel ist von einer dicken Wolkenschicht bedeckt.

Der Mann besteigt eine große Kutsche. Es ist keine gewöhnliche Kutsche, sondern ein rollender Kosmos, in dem es alles gibt, was ihm für seine Arbeit wichtig erscheint: eine Bibliothek, Mikroskope, Laborgläser, Bunsenbrenner, Medikamente. Auch ein Waschbecken und eine Toilette sind vorhanden. »In die Rue Matignon Nummer 3«, befiehlt er dem Kutscher. Dann zieht er auch hier an einer Schnur. Eine Luke im Dach des Wagens öffnet sich, und trübes Licht fällt auf das Buch, das er aus dem Regal genommen hat. Sein Titel lautet: »Die Kunst, das menschliche Leben zu verlängern.«

»Das menschliche Leben ist, physisch betrachtet, eine eigenthümliche animalischchemische Operation, eine Erscheinung, durch die Konkurrenz vereinigter Naturkräfte und immerwechselnder Materien bewirkt; – diese Operation muß, sowie jede andere physische, ihre bestimmten Gesetze, Grenzen und Dauer haben, insofern sie von dem Maas der verliehenen Kräfte und Materie, ihrer Verwendung, und manchen andern äussern und innern Umständen abhängt; – aber sie kann, so wie jede physische Operation, befördert oder gehindert, beschleunigt oder retardirt werden, – durch Festsetzung richtiger Grundsätze über ihr Wesen und Bedürfnisse, und durch Erfahrung lassen sich die Bedingungen bestimmen, unter welchen dieser Prozeß beschleunigt und verkürzt, oder retardirt und also verlängert werden kann; – es lassen sich hierauf Regeln der diätetischen und medizinischen Behandlung des Lebens, zur Verlängerung desselben, bauen, und es entsteht hieraus eine eigne Wissenschaft, die MACRO-BIOTIC, oder die Kunst das Leben zu verlängern, die den Inhalt des gegenwärtigen Buchs ausmacht. Zweck der Medizin ist Gesundheit, der Macrobiotic hingegen langes Leben ...«

Gruby schließt das Buch und schiebt es ins Regal zurück. »Recht hat er, der gute Hufeland«, murmelt er, »es geht bei unserer Arbeit um die Förderung der Lebenskraft durch sanfte Maßnahmen wie Änderungen der Ernährung und der Lebensweise. Die Vis vitalis wird nur geschwächt durch all diese Aderlässe, Brechmittel, Abführmittel, Beruhigungsmittel, die die Brownianer bei vermeintlicher Übererregbarkeit verschreiben. Und die Broussianer, die alle Krankheiten auf eine Entzündung des Magens zurückführen und die jetzt bei uns so sehr in Mode sind, sind fast noch schlimmer mit ihren Schröpfköpfen und Blutegeln.«

Er hat gehört, dass jährlich in Paris über sechzehn Millionen Blutegel verbraucht werden. Ihre Preise steigen unaufhörlich, und die Züchter freuen sich darüber. Gruby zieht den Vorhang des Fensters neben sich ein wenig zur Seite und starrt hinaus in eine weiß gefärbte Welt. Selbst Augenleiden werden mit Blutegeln behandelt. Das hat auch sein Patient durchgemacht: Doktor Sichel hat gegen Heines Mydriasis Blutegel verschrieben. Eine groteske Maßnahme. Man behandelt einen Bruch schließlich auch nicht mit Abführmitteln.

Dann ist er am Ziel. Der Kranke hört schnelle Schritte, die mehrere Stufen zugleich nehmen, und weiß sofort, wer es ist. Als Gruby ins Zimmer tritt, wie stets mit dieser unbedingten Entschlossenheit in seinen Bewegungen, zieht Heine ein Kissen über sein Gesicht. »Sie sind ein Scharlatan, Doktor«, flüstert er. »Wissen Sie, wie man Sie in Paris nennt? Den Heilderwisch!«

»Waren Ihre Peiniger wieder da? Es riecht hier so gut nach gebratenem Fleisch. Ich tippe, man hat Sie wieder einmal mit dem Kauter gequält.« Gruby hält nicht viel von Kauterisierung, auch wenn er sie hin und wieder selbst anwendet in der Hoffnung, dass Schmerzen durch einen Gegenschmerz gelindert werden. Heines anderer Arzt, sein Landsmann Doktor Wertheim, glaubt jedoch fest an diese Therapie, bei der mit einem über einem Bunsenbrenner erhitzten Eisen die Haut verletzt wird. So kommt es, dass Heine inzwischen vier eiternde Brandwunden hat, zwei rechts und links des Nackens, zwei rechts und links vom Steißbein. Außerdem hat der Arzt rechts und links der Wirbelsäule mit Morphium eingeriebene Moxakegel aus getrocknetem Beifuß entzündet, die beim Abbrennen kleine Brandwunden erzeugen, durch die das Morphium direkt in den Blutkreislauf eindringen soll.

»Ich muss Sie enttäuschen. Ihre Diagnose ist wie immer falsch. Es ist nicht mein verbrannter Rücken, den Sie riechen, es ist mein Frühstück. Scharf angebratene Filetscheiben. Leider kann ich sie nicht verzehren, denn ich kann nicht schlucken. Ich schmecke auch fast gar nichts mehr. Das Schlimmste aber ist, dass ich nicht mehr küssen kann. Meine Lippen gehorchen mir nicht mehr. Ich kann sie nicht spitzen. Helfen Sie mir. Ich möchte meine Frau noch einmal küssen.«

»Sie sollten nicht so nahe am Feuer liegen. Der Kamin darf nicht so stark geheizt werden. Der Rauch im Zimmer reizt Ihre Atemwege.« Gruby geht zu einem Fenster und öffnet die Flügel. »Frische Luft wird Ihnen guttun. Vielleicht können Sie dann sogar bald wieder küssen.«

Gruby setzt sich ans Bett, öffnet seinen Arztkoffer und holt ein Stethoskop heraus. Es ist der neueste Typ mit einem flexiblen Schlauch und zwei Ohrstücken. Behutsam schiebt er das trichterförmige End-stück über den Brustkorb des Kranken und klopft dabei immer wieder auf Rippen und Brustbein. Dann hört er den Bauch des Dichters ab. »Ich vernehme ein wahres Unwetter, einen Gewittersturm der Gedärme. Wann haben Sie das letzte Mal Verdauung gehabt?« – »Vor gut einer Woche. Ich liebe meine Kacke mehr als mich selbst und gebe sie deshalb ungern her.«

Gruby schiebt seinen Arm unter den Oberkörper des Patienten und richtet ihn vorsichtig auf. »Atmen Sie bitte jetzt so tief ein, wie Sie es vermögen.« Der Arzt hört die Lungenflügel ab. Nach einer Weile sagt er: »Ihr Herz ist erstaunlich gesund, sogar sehr stark. Der Puls regelmäßig. Sie haben keine Pneumonie, auch wenn die Lunge angegriffen ist und Sie recht kurzatmig sind. Das kann eine Folge einer nicht aus-kurierten Erkältung sein. Gegen die Obstipation, die sicher eine Nebenerscheinung der regelmäßigen Mor-phiumgaben ist, gebe ich Ihnen ein stärkeres Mittel als das, welches Sie bisher einnehmen.«

Gruby bettet den Kranken behutsam zurück und zieht die Seidendecke über ihn. Dann löst er einen Esslöffel Glaubersalz in einer Phiole auf und füllt ein großes Trinkglas mit der Flüssigkeit. »Trinken Sie, mein Freund. In spätestens vier Stunden werden Sie Stuhlgang haben.«

Gruby setzt sich in einen Sessel und betrachtet seinen Patienten, als sei er ein exotisches Wesen. »Sie selbst sind ja der Meinung, an Syphilis erkrankt zu sein. Und in der Tat deuten einige Symptome darauf hin. Die Sehstörungen, die Lähmungserscheinungen, die Kopfschmerzen. Andere typische Symptome fehlen jedoch. Die knotigen Hautausschläge zum Beispiel, auch das Ausbleiben einer Alopezie. Ihre Haare sind voll und haben einen schönen Glanz. Aber vor allem kann bei Ihnen von einem Schwinden der geistigen Kräfte, wie es typisch für eine fortgeschrittene Lues ist, keine Rede sein. Wenn Sie also wirklich die Franzosenkrankheit haben, dann muss es sich um eine besondere und seltene Spielart handeln.«

Der Kranke hebt mit den Fingern sein rechtes Augenlid und betrachtet Gruby. »Wer sagt Ihnen denn, dass meine geistigen Kräfte nicht längst nachgelassen haben? Verglichen mit dem, was sie früher vermochten?«

»Das glaube ich nicht. Ich habe unlängst erst Ihre ›Lutetia‹ verschlungen. Brillant.«

»Ich habe die Texte vor 15 Jahren geschrieben.«

»Nicht alle. Zum Beispiel der Zusatz, in dem Sie sich über den Schuhmacher Sakoksi auslassen, ist von abgründigem Humor.«

»Sie schmeicheln mir. Das gefällt mir nicht. Es passt nicht zu meiner Stimmung. Mir ist wieder einmal so kopftrübe zumute. Ich habe heute Nacht einen Alptraum gehabt. Mir träumte, ich sei ein kleiner Vogel in einem Käfig. Der Käfig fällt in einen weißen Abgrund. Um dem sicheren Schicksal zu entgehen, an seinem Grunde zerschmettert zu werden, beginnt der Vogel zu flattern. Er versucht aufzufliegen, um den Käfig so vor dem Abstürzen zu bewahren. Eine naive Hoffnung. Der Käfig ist mein Körper, der Vogel ist meine Seele, und seine flatternden Flügel sind meine Verse. So fühle ich mich derzeit. Wenn Sie etwas für mich tun wollen, dann verschreiben Sie mir etwas gegen diese verdammte Rückenmarksdarre. Sie ist der wahre Grund meines Elends. Ich habe die Rückenmarksdarre, weil ich es mit den Damen zu oft getrieben habe. Die vielen Ejakulationen haben mein Rückenmark ausgetrocknet.«

»Sie beziehen sich hier auf die Theorie meines Kollegen Léopold Deslandes. Sie ist höchst fragwürdig. Aus meiner Sicht gibt es nur eine Form der Ausschweifung der Geschlechtslust, die Enthaltsamkeit.«

»Das müssen ausgerechnet Sie sagen, von dem es heißt, dass er keine Geliebte hat und nicht einmal die Freudenhäuser besucht. Sie sind ein Selbstspötter, Gruby. Das gefällt mir. Ich bin eher ein Spötter der anderen. Leute mit Spottsucht haben eine sanfte Seele. Sie spotten nur, um sie zu schützen. Tun Sie endlich etwas gegen meinen Verfall. Was halten Sie übrigens von der Wasserheilkunde?«

»Hydrotherapie? Eiskalte Wassergüsse? In Ihrem Fall

würde ich von solchen Versuchen abraten. Ihr Körper ist schon geschwächt genug.«

»Ich war einige Male an der Nordsee und habe in ihrem kalten Wasser gebadet. Es hat mir gutgetan, aber die Wirkung hat nie lange angehalten.«

»Ich könnte Ihnen eine Schmierkur verschreiben. Bei einer Schmierkur bestreicht man den ganzen Körper mit einer quecksilberhaltigen Salbe, mit der Folge, dass Haare und Zähne ausfallen. Ein abschreckendes Beispiel ist Ihr Kollege Flaubert. Auch ihm fallen Haare und die Zähne aus, seit man bei ihm die venerische Krankheit diagnostiziert und mit einer Schmierkur behandelt hat. Ich halte nichts von derlei Brachialkuren. Oft ist es besser, nur die Lebensgewohnheiten zu ändern. Chopin habe ich empfohlen, seine Schlafstörungen durch häufiges Zugfahren mit seinem monotonen Rattern der Räder zu lindern. Es hat tatsächlich geklappt. Alexandre Dumas hat seine Neigung zur Obstipation auf meinen Rat hin mit Hilfe langer Spaziergänge und dem Verzehr eines Apfels an bestimmten Stellen erfolgreich bekämpft. Leider gibt es in Ihrem Fall keine Möglichkeit, Ihre Lebensumstände zu ändern. Sie sind bereits so gut, wie es nur irgend geht. Es grenzt im Übrigen an ein Wunder, dass Sie immer noch am Leben sind, und das trotz meiner Kollegen Wertheim, Weil und Schlesinger mit ihren die Lebenskraft schwächenden Therapien, und die Sie offenbar hauptsächlich beschäftigen, weil es Landsleute von Ihnen sind. Ich dagegen möchte Ihre mögliche Syphilis auf eine sanfte Weise behandeln.«

Gruby legt den Koffer auf den Tisch, öffnet ihn und holt einige Utensilien heraus. »Dies, lieber Heine, ist eine Glasscheibe. Und dies eine Zinkfolie, und dies ein Blatt Papier. Und das hier ist ein Fläschchen Quecksilber. Aus diesen Dingen können Sie einen Spiegel fertigen und sind dabei einer so geringen Dosis Quecksilber ausgesetzt, dass keine unliebsamen Nebenwirkungen auftreten. Sie gehen folgendermaßen vor: Sie legen die Zinkfolie auf den Tisch und bestreichen sie mit Quecksilber. Ein Amalgam entsteht, eine Vereinigung von Zink und Quecksilber. Sie legen das Blatt Papier darüber und anschließend die Glasscheibe darauf und drücken sie an. Dann lassen Sie das Ganze mehrere Stunden lang trocknen. Nun können Sie das Papier herausziehen, und der Spiegel ist fertig. Das passt, wie ich meine, zu Ihrem Wesen, sind Sie doch fähig, durch Ihre Texte den Lesern und sich selbst einen Spiegel vorzuhalten.«

»Sie überschätzen bei weitem meine manuellen Fertigkeiten, lieber Doktor.«

»Ich gebe Ihnen diesmal eine etwas größere Dosis Schmerzmittel als sonst. Sie werden staunen, wozu Sie dann fähig sind.«

Der Arzt holt ein Fläschchen morphiumhaltiges Laudanum aus dem Koffer und träufelt aus einer Pipette eine genau abgezählte Menge von Tropfen auf die Stelle an Heines Nacken, an der sich das Eiterband befindet: Ein Bündel Rosshaar, mit Hilfe einer Nadel durch die zusammengedrückte Nackenhaut gesteckt, wodurch eine eiternde, ständig offene Wunde entstanden ist. So können, wie manche Ärzte glauben, die noch der Säftetheorie anhängen, mit dem Eiter die bösen Säfte abfließen. Gruby gehört nicht zu ihnen, er schätzt jedoch die Möglichkeit, an einer solchen Stelle Medizin direkt in den Kreislauf gelangen lassen zu können.

Als Mathilde gegen Abend von ihrem Ausflug in die Restaurants des Palais Royal zurückkommt, findet sie ihren Mann schlafend über einem vom Gewicht seines Kopfes zerbrochenen Spiegel. Sie ruft ihre Freundin Pauline. Beide tragen den Poeten zu seinem Bett und legen ihn dort behutsam ab wie einen kostbaren Gegenstand. In diesem Moment entleert sich Heines Darm. Mathilde ruft die Wärterin, die sich daranmacht, den Körper des schlafenden Poeten zu säubern und anschließend zu waschen.

Die Flucht

In der Nacht nach Grubys Besuch träumt Heine vom Meer. Er liegt bäuchlings im Sand einer Insel. Wellen dröhnen in seinem Kopf. Der Schaum ihrer brechenden Kronen verklebt ihm die Augen. Er schmeckt das Salz und hat dabei das Gefühl, mit der Natur zu verschmelzen, mit ihrem Körper, der der Körper einer nackten Riesin ist.

Man schrieb das Jahr 1827. Wie schon im Jahr zuvor erhoffte er sich vom Baden im Meer eine Stärkung seiner Gesundheit, obwohl es ihm eigentlich nicht schlecht ging, von häufigen Kopfschmerzen und einer gewissen nervösen Empfindlichkeit einmal abgesehen. Er war jedoch gemütskrank. Die schwarze Galle aus seiner Milz erzeugte eine trübe Finsternis in seinem Gemüt. Er war sich sicher, er hatte die Byronsche Krankheit, den Weltschmerz, den Spleen.

Diesmal war die See zu wild, um das Schwimmen zu riskieren. Er stand auf, klopfte sich den Sand von den Kleidern und machte sich auf zum Conversationshaus. Im Frühstücksraum traf er zwei alte Bekannte, mit denen er sich im Jahr zuvor angefreundet hatte, den Rechtsgelehrten Professor Eduard Dirksen aus Berlin und den Assessor Friedrich Wilhelm Strücker aus Lüneburg. Mit beiden hatte er damals Karten gespielt und die Spielbank besucht. Jetzt waren die zwei gerade auf der Insel angekommen, und Heine freute sich, sie wiederzusehen. Die Neuankömmlinge aber machten ernste Gesichter. Dirksen hatte ein Büchlein dabei, in dem er zu blättern begann. »Ich sehe zu meiner großen Freude«, sagte Heine, »dass Sie den zweiten Teil meiner Reisebilder besitzen. Sie wissen ja sicher, dass das Buch einiges an Aufsehen erregt hat.«

»In der Tat«, sagte Assessor Strücker, »in der Welt und nicht zuletzt im Hannövrischen und auf dieser Insel. Und deshalb sind wir hier, um Sie zu warnen. Sie haben sich erhebliche Feinde gemacht, beim Adel wie auch bei den Insulanern.«

Professor Dirksen mischte sich ein: »Hören Sie selbst. Es sind Ihre Worte. ›Die Tugend der Insulanerinnen wird durch ihre Häßlichkeit, und gar besonders durch ihren Fischgeruch, der mir wenigstens unerträglich war, vor der Hand geschützt. Ich würde, wenn ihre Kinder mit badegästlichen Gesichtern zur Welt kommen, vielmehr ein psychologisches Phänomen erkennen und mir solches durch jene materialistisch-mystischen Gesetze erklären, die Goethe in den ›Wahlverwandtschaften‹ so schön entwickelt.‹ Oder das hier: ›Mein Tadel, wie gesagt, treffe zumeist die schlechte

Erziehung des hannövrischen Adels und dessen früh eingeprägten Wahn von der Wichtigkeit einiger andressierter Formen. O! wie oft habe ich lachen müssen, wenn ich bemerkte, wie viel man sich auf diese Formen zugute tat; – als sei es so gar überaus schwer zu erlernen, dieses Repräsentieren, dieses Präsentieren, dieses Lächeln, ohne etwas zu sagen, dieses Sagen, ohne etwas zu denken…‹ Das sind Formulierungen, die einen aufgeklärten Berliner wie mich amüsieren mögen, keineswegs jedoch diejenigen, über die Sie Ihren Spott ausschütten, mein lieber Heine.«

»Es braut sich in der Tat etwas zusammen«, ergänzte Assessor Strücker. »Die hannövrischen Junker, die jedes Jahr hier auf die Insel kommen, weniger um zu kuren als um zu jagen und an den Bällen teilzunehmen, haben sich, wie ich aus sicherer Quelle weiß, vorgenommen, Sie zum Teufel zu jagen. Nicht nur wegen der Beleidigungen, die nun einer großen Öffentlichkeit im In- und Ausland zugänglich sind, sondern auch, weil Sie sich bei Ihren beiden letzten Kuraufhalten an ihre Frauen herangemacht haben sollen.«

»Sollen sie doch den Mumm haben, mich zum Duell zu fordern.«

»Sie wissen so gut wie ich, dass sich ein Mann von Adel nicht mit einem Bürgerlichen duelliert. Nein, sie lassen die Drecksarbeit lieber von anderen machen, von den Insulanern nämlich, deren Frauen und Töchter Sie beleidigt haben. Es gibt einen Schlägertrupp, der Sie sich vorknüpfen will. Sie müssen fort, und zwar sobald wie möglich. Das wird allerdings nicht ganz einfach sein. Wir wissen, dass Ihre Wohnung beobachtet wird, ebenso die Fährschiffe, die vor der Insel auf Reede liegen, und ebenso die Pferdewagen, die bei Ebbe über das Watt zum Festland fahren. Es gibt nur eine Möglichkeit heimlichen Entkommens. Sie müssen sich einem Fischer anvertrauen, der Sie gegen gutes Geld auf die nächste Insel bringen wird, auf der Sie Ihre Wasserkur fortsetzen können. Das ist Wangerooge. Ungefähr zehn Wegstunden östlich von hier.«

»Für jemanden, der übers Wasser gehen kann wie ein gewisser Jesus.«

»Bei gutem Westwind braucht ein Segelboot auch nicht mehr als zehn Stunden. Wir haben bereits einen ehrbaren Mann gewonnen, der Sie noch heute fahren kann. Er kann nicht lesen, was in diesem Fall ein Vorteil ist. Wir haben dem Mann gesagt, Sie seien jemand, der an den ostfriesischen Seebädern interessiert ist und nun deshalb Wangerooge kennenlernen möchte. Wie gesagt, es eilt durchaus. Packen Sie sofort Ihre Siebensachen und gehen Sie zum Südstrand und dort Richtung Osten. Sie werden auf ein blau gestrichenes Boot stoßen und von seinem Besitzer an Bord genommen. Und nun alles Gute und viel Glück, lieber Heinrich.«

Die beiden Männer erhoben sich und schüttelten

dem Dichter die Hand. »Noch eine Bitte«, sagte Dirksen. »Könnten Sie dieses unterhaltsame Stück Weltliteratur mit einer persönlichen Widmung veredeln?«

»Hannövrische Junker: Esel, die nur von Pferden sprechen. Heinrich Heine, Norderney im Jahre 1827.«

Er folgte dem Rat seiner Freunde und holte seinen Koffer mit Kleidung und Manuskripten. Er fand das Boot, einen Lugger, dessen Takelung das Boot sehr schnell machte, jedoch nicht einfach zu bedienen war, da beim Wenden der Gaffelbaum jedes Mal um den Mast herumgeführt werden musste.

Der Wind blies kräftig aus Westen, so dass sie platt vor dem Wind bleiben konnten. Der Mann an der Pinne war schweigsam, was dem Passagier nur allzu recht war. Als sie auf der Höhe von Spiekeroog waren, briste es stark auf. Kleine, kurze Wellen, wie sie typisch für das flache Wattenmeer sind, rollten von achtern heran und zerrten das Heck des Luggers hin und her. Der Schiffer machte ein besorgtes Gesicht und gab sich alle Mühe, ein Überkommen des Großbaums zu verhindern, was bei diesem Wind mit dem Verlust des Mastes verbunden sein konnte. Der Passagier spürte, wie die Übelkeit ihm vom Magen aus in die Speiseröhre stieg. Er kroch auf allen vieren zum Mast und klammerte sich dort fest. Endlich kam die Insel Wangerooge in Sicht. Kurz nach dem Passieren des markanten Westturms der Insel entschloss sich der Schiffer zu einem waghalsigen Manöver. Er band die Pinne fest, ließ die Großschot los und begab sich so schnell es ging nach vorne zum Mast. Dann zog er sich ein Stück den Mast hoch und drückte die Spiere, an der das Luggersegel hing, auf die andere Seite des Mastbaums. Zurück an der Pinne, machte er sie los, packte die Großschot, holte das Segel dicht und änderte den Kurs nach Norden. Das Boot kränkte stark, und Heine rollte wie ein Hafersack im Bilgenwasser gegen die Reling auf der Leeseite. Die brechenden Wellen packten das Boot auf der Luvseite und drohten, es umzuwerfen. Mit ungeheurem Tempo schoss es auf die Küste zu und lief auf Grund. Der Aufprall war so heftig, dass der Mast aus dem Mastfuß sprang und mitsamt dem Segel im Wasser davontrieb. Der Schiffer kletterte aus dem Boot in das hüfttiefe Meer und brachte den völlig durchnässten Passagier mitsamt seinem Koffer an Land.

Heine, der dankbar war, endlich wieder festen Boden unter den Füßen zu haben, nestelte ein Goldstück aus seiner Jacke, einen Louisdor. »Das reicht für ein neues Boot«, sagte der Fischer. »Das alte schenke ich Ihnen. Es dürfte undicht geworden sein.«

Heine mietete sich bei einem Fischer ein. Die Saison war auf Wangerooge bereits vorbei, das Badeleben zum Erliegen gekommen, die Seebadeanstalt geschlossen, ebenso das Conversationshaus. Es gab keinerlei

Unterhaltung, keine Sommergäste, keine interessanten Frauen, auch kein Casino. Zwei Wochen hielt es der Dichter in dieser Ödnis aus. Er überarbeitete seine Nordseegedichte und badete jeden Tag. Immer wieder ging er auch zu dem Bootswrack, setzte sich auf die Ruderbank und las sich laut das Geschriebene vor. Darunter auch Verse, auf die er besonders stolz war:

»Hoffnung und Liebe! Alles zertrümmert!
Und ich selber, gleich einer Leiche,
Die grollend ausgeworfen das Meer,
Lieg' ich am Strande,
Am öden, kahlen Strande.
Vor mir woget die Wasserwüste,
Hinter mir liegt nur Kummer und Elend,
Und über mich hin ziehen die Wolken,
Die formlos grauen Töchter der Luft,
Die aus dem Meer in Nebeleimern,
Das Wasser schöpfen,
Und es mühsam schleppen und schleppen,
Und es wiederverschütten ins Meer,
Ein trübes, langweil'ges Geschäft,
Und nutzlos wie mein eigenes Leben.«

Bald fraß sich grenzenlose Langeweile in sein Gemüt. Er hatte »Reisebilder« und Gedichte über die Nordsee geschrieben, und er war stolz darauf, dieses Sujet als erster Poet überhaupt zum Thema gemacht zu haben. Aber die Leute auf dieser Insel schienen nichts von der Poesie ihrer Umgebung wahrzunehmen. Er wollte fort, so schnell wie möglich. Am 15. September verließ er die Insel mit einem Segelschiff in Richtung Hamburg.

Das Gastmahl

Immer mehr Mäntel versammeln sich in der Garderobe von David Grubys Wohnung und verströmen
einen durchdringenden Geruch von feuchter Wolle,
Parfum, Leder und Schweiß. Paletots, Pardessus, Pelz-
mäntel, Ledermäntel, alle von getauten Schneeflocken
durchweicht und nun hier vereint zu einer Gesellschaft
der Namenlosen. Ihre Besitzer sitzen im Esszimmer
um einen großen, ovalen Tisch. An den Wänden hängen dicht an dicht Gemälde, die meisten im neuen Stil
des Realismus, darunter Werke von Millet, Daumier
und Courbet.

Anlass des Treffens ist ein Ritual, das der Gastgeber seit Jahren aus verschiedenen Motiven praktiziert.
Ein gemeinsames Essen seiner Patienten, bei dem er
beobachten, die Diagnosen verfeinern, aber auch sein
gewöhnlich verdrängtes Bedürfnis nach Geselligkeit
stillen kann. Das Gemurmel der halblaut geführten
Gespräche mischt sich mit dem Rauch der zwischen-
durch genossenen Zigaretten und dem Qualm aus den
Zylindern der Petroleumlampen zu einem Baldachin,
der über der Szene hängt. David Gruby ist ein exzel-

lenter Gastgeber. Er kennt die Vorlieben und Abneigungen seiner Gäste, ihre Tics, Schwächen und Essgewohnheiten. Doch bei diesem Diner, das einmal im Monat stattfindet, nimmt er keine Rücksicht auf solche Eigenarten. Er ist Patriot genug, um ausschließlich ungarische Spezialitäten aufzutischen. Heute gibt es als Vorspeise Szegediner Fischsuppe, dann Paprikahuhn und als dritten Gang Gulasch, so scharf, dass es den Gästen Tränen in die Augen treibt. Dazu trinkt man Wasser und schweren Tokaier. Wenn eine Flasche leer ist, betätigt Gruby einen Knopf an der Tischseite. Unter dem Tisch öffnet sich eine Klappe, und ein kleiner Aufzug mit neuen Flaschen erscheint.

Fast alle der Anwesenden sind Genießer, außerdem Sprachmenschen, redegewandt und von den aktuellsten politischen, literarischen und weltanschaulichen Meinungen durchdrungen. Sie kennen sich durch die Salons, zum Beispiel den der Louise Colet, einer romantischen Lyrikerin und glänzenden Schönheit im reifen Alter von 46 Jahren. Verblassende Jugend verleiht ihrem Teint und ihrer Figur die Attraktivität einer Rose, deren Blätter sich voll entfaltet haben und am Rande bereits die Spuren kommenden Verwelkens zeigen. Sie sitzt zwischen ihrem neuen Liebhaber, dem Melancholiker und Dichter Alfred de Musset, und ihrem ehemaligen Liebhaber, dem nicht weniger depressiven Gustave Flaubert. Flaubert ist fünfunddreißig, ein Mann im besten Alter also. Er lebt zurückgezogen in der Nähe von Rouen bei seiner verwitweten Mutter. Hin und wieder ist er jedoch in Paris, um den Kontakt zu den Kollegen nicht abbrechen zu lassen und um Gruby zu konsultieren. Er verachtet die Menschen. Er hasst ihre Dummheit. Er ist besessen von dem Plan, eine Enzyklopädie der menschlichen Dummheit zu verfassen, eine gigantische Sammlung von Zitaten aus Büchern, Aussprüche bekannter und unbekannter Personen, aus denen sich seiner Meinung nach ein überdimensionales Panorama der Borniertheit der Menschheit zeichnen lässt. Flauberts kahler Vorderschädel und sein schwarzer, über die Mundwinkel herabhängender Schnauzbart, der ihn wie ein Walross aussehen lässt, passt zu seiner misanthropischen Gesinnung, einem Temperament, das die alte Medizin als Folge eines Übermaßes an schwarzer Galle beschrieb. Gruby versorgt depressive Patienten mit Johanniskraut- und Passionsblumenextrakt, auch wenn er selbst nicht so recht an die Wirksamkeit dieser Naturmittel glaubt. Flaubert ist außerdem nervenkrank. Er ist Epileptiker. Immer noch halten viele Epilepsie für ein übernatürliches Phänomen, bei dem ein vom Teufel besessener Mensch plötzlich stürzt und das Bewusstsein verliert. Für Gruby ist dieses Leiden dagegen Folge einer Überreizung des Gehirns, eine Art Gewitter in den Gehirnzellen, die er mit seinen hervorragenden Mikroskopen identifiziert hat. Gegen Epilepsie verschreibt er Bromsalz. Auch diesmal hat er Flaubert am Morgen eine größere Dosis verabreicht, denn er fürchtet, dass die Begegnung mit seiner Ex-Geliebten bei seinem Patienten eine heftige Reaktion herbeiführen könnte, einen Grand Mal, einen schweren epileptischen Anfall. Nun sitzt Flaubert unbeweglich am Tisch und erinnert an einen räudigen Bären, der seinem Dompteur entlaufen ist. Er spricht nicht. Er schweigt, aber sein Schweigen scheint eine Bedeutung zu haben, wie eine unausgesprochene Rede, die niemand hören will. Die Frau neben ihm, deren heimlicher Hauptgeliebter er viele Jahre lang war, wendet ihm den tief ausgeschnittenen Rücken zu. Sie schenkt ihm ostentativ keinerlei Beachtung. Vielmehr tut sie so, als sei ihr Tischnachbar ein Trugbild der Vergangenheit, eine Phantasmagorie. Einmal jedoch dreht sie sich um und zischt: »Warum sind Sie überhaupt gekommen? Hätten Sie mir diese Peinlichkeit nicht ersparen können?«

»Ich bin hier, weil ich einen Forschungsauftrag habe, Verehrteste. Ich versuche, wie Sie sehr gut wissen, meine Kenntnisse über die allgemeine Dummheit der Menschen zu vertiefen. Auch Sie sind übrigens ein durchaus lohnendes Objekt für meine Studien.«

Die Colet überhört diese Bemerkung, absichtlich oder unabsichtlich. Sie leiht ihrem anderen Nachbarn

das Ohr, dem Bibliothekar und Mitglied der Acadé-
mie Française Alfred de Musset, dessen blasse, edle Gesichtszüge einem guten Beobachter wie Gruby zu der
Vermutung Anlass geben, der Träger könne schon bald
auf dem Friedhof Père Lachaise Wohnung nehmen.

Die zweite Frau, die die Atmosphäre der Tischgesellschaft prägt, ist Apollonie Sabatier, eine füllige Brü-
nette von morbider Mütterlichkeit. Sie ist eine stadtbe-
kannte Kurtisane und Mätresse eines reichen Bankiers,
was ihr die Möglichkeit gibt, einen Salon zu führen, in
dem die ganze Bohème verkehrt. Auch Chopin spielt
dort zuweilen auf einem verstimmten Klavier. Seitdem
auf dem Pariser Salon von 1847 eine Marmorplastik
ihres sich lasziv auf dem Boden räkelnden Leibes mit
dem Titel »Die von einer Schlange gebissene Frau« zu
sehen war, geschaffen von ihrem damaligen Liebhaber, dem Bildhauer Auguste Clésinger, kennt sie jeder
Freund der Künste als »weiße Venus«, und es ist nicht
übertrieben anzunehmen, dass Unzählige mit ihr in
Gedanken schlafen, wenn sie die Statue umkreisen. Im
Übrigen ist es unverkennbar, dass sich die beiden Damen nicht ausstehen können. Sie würdigen sich kei-
nes Blickes. Wenn die eine etwas sagt, zieht die andere hörbar den Atem durch die Nase ein, als trüge sie
schwer daran, einen solchen Unsinn anhören zu müssen. Gruby amüsiert es, dass durch derlei Spannungen
die allgemeine Stimmung an Intensität gewinnt, wie

durch eine unsichtbare Elektrisiermaschine, die sich zwischen zwei Konduktoren dreht.

Flaubert gegenüber sitzt eine imponierende Erscheinung, ein ebenfalls schöner, schwarzbärtiger Mann, Mitte der dreißig, der seinen breitkrempigen Hut aufbehalten hat und sich bester Gesundheit zu erfreuen scheint. Es ist der Maler Gustave Courbet, ein umstrittener Künstler, dessen Realismus vor allem den Bourgeois suspekt ist, einer immer größer werdenden Gesellschaftsschicht, die nicht nur den Wohlstand der Industrialisierung genießt, sondern auch die Gemälde, die Jahr für Jahr in den Sommermonaten im Salon Carré des Louvre präsentiert werden. Immer wieder werden seine Bilder auf Ausstellungen abgelehnt mit dem Argument, sie würden religiöse und sittliche Gefühle verletzen. So verschieden sie sind, Flaubert und Courbet sind Brüder im Geiste, die das Mittelmaß, das sogenannte »Juste Milieu«, zutiefst verachten.

Neben dem Maler sitzt ein junger Mann, dessen Französisch einen harten Akzent hat. Alfred Meißner aus Böhmen sieht mit seinem schwarzen Schnauzer und den stechend dunklen Augen wie ein Zigeuner aus. Der ehemalige Spitalarzt hat im Jahr zuvor einen Roman veröffentlicht, der ihm jedoch wenig Beachtung und noch weniger Einnahmen gebracht hat. Alle am Tisch wissen, dass er mit dem genialen Dichter Henri Heine befreundet ist und viele Tage am Bett des Kranken verbringt. Das verleiht ihm eine gewisse Aufmerksamkeit seitens der Anwesenden, obwohl ihn die meisten als typischen Langweiler empfinden.

Trotz der Antipathien und Animositäten zwischen den Anwesenden ist die Stimmung von wohliger Gemütlichkeit geprägt. Eine gleichmäßige, propulsive Peristaltik scheint die Gemüter erfasst zu haben, als es draußen plötzlich rumort und sich eine laute Stimme fluchend vernehmen lässt. Gruby erhebt sich und eilt hinaus. Wenig später kommt er zurück, einen Mann an der Hand, den alle kennen. »Er hat sich in den Mänteln verfangen, die er wohl für Schattenwesen des Hades hielt«, sagt der Arzt.

Ein Stuhl wird gebracht, und der Neuankömmling setzt sich unsicher, nachdem der Gastgeber ihn dazu eingeladen hat. Er trägt einen abgewetzten Frack und sieht kümmerlich aus, ein bisschen wie eine ertränkte Katze. Die leichenhafte Blässe seines Gesichts wird durch einen schwarzen Kinnbart betont. Seine wenigen Haare stehen wirr vom Schädel ab. Er ist berüchtigt für seine Extravaganzen. So pflegt er häufig mit einem großen Hummer an der Leine durch die Stadt zu flanieren. Diesmal hat er das Tier jedoch nicht dabei. Man hat ihn lange nicht mehr gesehen, denn er ist oft unterwegs, in afrikanischen Ländern oder in Deutschland, dessen immer noch fast mittelalterliche Atmosphäre er so liebt. Jetzt sitzt er schweigend da und trinkt hastig den Wein, den ein Diener ihm kredenzt. Das Gespräch ist erstorben, und alle Augen ruhen erwartungsvoll auf ihm. Man ist sich sicher, dass Gérard de Nerval einen Auftritt haben wird. Tatsächlich erhebt er sich, nachdem er sich ein weiteres Glas Tokaier mit großen Schlucken einverleibt hat, und beginnt mit tremolierender Stimme in höchstem Bühnenpathos Verse zu rezitieren:

»Ich bin der Finstre, – der Beraubte, – ›der Untröstliche‹ – der Fürst von Aquitanien, dessen Turm in Trümmer sank; – mein *Stern*, mein einziger, ist tot, – und das Sternbild meiner Laute – zeigt die *schwarze Sonne der Melancholie.*

Espoir et amour! Tout est brisé, et moi-même, comme un cadavre que la mer a rejeté avec mépris, je gis là étendu sur le rivage, sur le rivage sablonneux et nu. – Devant moi s'étale le grand désert des eaux; derrière moi, il n'y a qu'éxil et douleur, et au-dessus de ma tête voguent les nuées, ces grises et informes filles de l'air, qui de la mer, avec des seaux de brouillard, puisent l'eau, la trainent à grand'peine et la laissent retomber dans la mer, besogne triste, et fastidieuse, et inutile, comme ma propre vie.«

Er unterbricht die Rezitation und sieht interessiert zur Decke, als sei dort etwas Ungewöhnliches zu sehen. Dann fährt er fort:

»Noir soleil, combien de fois tu m'as versé les flammes dévorantes de l'enthousiasme, et combien de fois ne suis-je pas resté chancelant sous l'ivresse de cette boisson! Mais alors un sourire d'une douceur enfantine voltigeait autour des lèvres fièrement arquées, et ces lèvres fièrement arquées exhalaient des mots gracieux comme le clair de lune et suaves comme l'haleine de la rose. Et mon âme alors s'élevait et planait avec allégresse jusqu'au ciel. Faites silence, vagues et mouettes! Bonheur et espoir! Espoir et amour! Tout est fini. Je suis gisant à terre, misérable naufragé, et je presse mon visage brûlant sur le sable humide de la plage.«

Er schweigt, denn er glaubt offenbar, genug gesagt zu haben. Tiefe Stille herrscht. Nerval setzt sich. Sein Kopf sinkt auf die Tischplatte. Um seinen Mund sammelt sich eine schwarze Lache Galle. Es ist der Spleen.

Alfred de Musset, der inzwischen sturzbetrunken ist, erhebt seine Stimme: »Er ist ein Genie«, lallt er. »Niemand von uns kann ihm das Wasser reichen.«

»Geschweige denn den Wein«, ergänzt ein dandyhaft gekleideter junger Mann, schmallippig, mit stechenden Augen unter einer hohen Stirn und mit einem lose geschlungenen roten Halstuch, das offensichtlich seine Sympathien für den neuen Stand, das von der industriellen Revolution hervorgebrachte Proletariat, zeigen soll. »Ich kenne das Gedicht, dessen Anfang mein

Freund soeben rezitiert hat. Es entstammt seinem So-
nettzyklus ›Die Chimären‹ und heißt ›El Desdichado‹.
Es ist erst vor kurzem in einem Bändchen mit dem
Titel ›Die Töchter der Flamme‹ erschienen. Der zweite
Teil der Rezitation stammt übrigens nicht von Gérard,
aber er hat die Verse kongenial übersetzt. Es sind Verse
des ebenso genialen deutschen Poeten Henri Heine.
Ich vermute, dass sie in der Übersetzung noch an Mo-
dernität gewonnen haben und dass sie einen großen
Einfluss auf die künftige Poesie unseres Landes haben
werden. Mein Freund Nerval gehört zu den wenigen
französischen Dichtern, die das ästhetische Ideal des
Supranaturalismus erfüllen. Ich strebe ebenfalls danach, dieses Ideal zu erfüllen. Hören Sie selbst.«

Er steht auf, zieht einen Zettel aus der Tasche und
beginnt ein endlos langes Gedicht vorzutragen. Während er spricht, nüchtern, fast monoton, ändert sich
seine Mimik kaum, als würde er unter einer Gesichts-
lähmung leiden. Unmöglich, sich vorzustellen, dass
dieser wie mit einem Messer gezogene Mund je lächeln
kann. Aber ihm entströmt ein Französisch von außer-
gewöhnlichem Wohlklang:

»Beim bleichen Lichtschein matter Lampen, auf tiefen, ganz von Duft durchtränkten Kissen, sann Hippolyta den machtvollen Liebkosungen nach, die den
Schleier ihrer jungen Unschuld hoben.

Mit sturmverstörtem Auge suchte sie ferne ihrer Einfalt schon entrückten Himmel, wie ein Reisender das Haupt noch einmal wendet nach den blauen Horizonten, die er in der Frühe hinter sich gelassen.«

Das Poem hat noch weitere vierundzwanzig Strophen. Der Autor denkt offenbar gar nicht daran, dass er die Geduld seiner Zuhörer allzu sehr strapazieren könnte. Lesungen sind schließlich üblich in den Salons, aber diese ist dennoch ungewöhnlich. Endlich, nach einer guten Viertelstunde, ist er beim Schluss angelangt:

»Den Scharen der Lebendigen fern, Umschweifende, Verdammte, lauft durch die Wildnis wie die Wölfe hin; erfüllt, was euer Los, maßlose Seelen, und flieht vor der Unendlichkeit, die ihr im Innern tragt!«

Lauter Applaus bricht aus. Courbet ruft mit dröhnender Stimme: »Ein hoch auf die schwarze Sonne und die Unendlichkeit in uns!« Er erhebt sich und umarmt seinen Freund: »Ich werde es malen«, sagt er, »ein Bild, das Hippolyta und Delphine in ihrer ganzen verführerischen Schönheit zeigt.« Sein Blick ruht bei diesen Worten auf den beiden Damen am Tisch, als sähe er in ihnen die ideale Verkörperung dieser Figuren, der Königin der Amazonen und ihrer Freundin Delphine, die sie verführt.

»Sind Sie sich, Monsieur Baudelaire, eigentlich im Klaren darüber«, äußert sich der Gastgeber, während Baudelaire sich ein Tonpfeifchen stopft und anzündet, worauf sich ein durchdringender Haschischgeruch im Raum verbreitet, »dass Sie in Ihren zugegebenermaßen eindrucksvollen Versen die lesbische Liebe feiern und sich dadurch strafbar machen, weil Sie gegen die öffentliche Moral verstoßen? Ich bin mir ziemlich sicher, dass man Sie vor ein Gericht ziehen wird.«

Baudelaire verbeugt sich in Richtung des Gastgebers und sagt kühl: »Machen Sie sich keine Sorgen, verehrter Monsieur Gruby. Die öffentliche Moral ist nur eine räudige Katze, die zwar miaut, wenn man ihr auf den Schwanz tritt, die aber schnurrt, wenn man sie am Hals krault.«

Baudelaire hat während seines Vortrags unverwandt Madame Sabatier angestarrt. Seine Augen wirken dabei wie kleine Saugnäpfe, mit denen er sie festhalten will. Es ist unverkennbar, dass er sie anhimmelt. Was die Dame nicht weiß: Er ist der Verfasser der glühenden Liebesbriefe, die sie seit einiger Zeit anonym erhält. Und was Baudelaire nicht weiß: dass die von ihm so heftig Begehrte ihn schon bald erhören wird, als er 1857 seine Anonymität aufgibt und Madame Sabatier bittet, ihm im Prozess gegen die »Fleurs du mal« beizustehen, indem sie einen der Richter verführt. Dass der Dichter am Ziel seiner Wünsche ist, wird für ihn einer

Katastrophe gleichkommen. Nach einer langen Liebesnacht wird sich Apollonie in Baudelaire verlieben, seine Gefühle jedoch werden dann schon wieder abgekühlt sein. Erfüllung ist für ihn das Ende der Lust. Das Ideal weicht der Wirklichkeit, und die Wirklichkeit ist ohne Faszination. Appollonie Sabatier ist nun nicht mehr seine Muse, sein Idol. Sie wird für ihn nur noch Freundin sein, was ihr große Qualen bereiten wird, denn sie ist es nicht gewöhnt, dass ihre sinnlichen Reize auf Desinteresse stoßen.

Doch noch ist es nicht so weit. Baudelaire holt eine Taschenflasche aus seinem Jackett, schraubt den Deckel ab, füllt ihn mit einer grünen Flüssigkeit und trinkt ihn leer, und das mehrmals hintereinander. »Ich muss meine tägliche Medizin nehmen, Madame«, sagt er erklärend. »Das habe ich meinem Arzt versprochen.« Diesmal verzieht er seinen Mund zu einem sardonischen Lächeln. »Im Übrigen scheue ich keine Anklage, verehrter Herr Gruby. Die Kunst ist frei wie ein Vogel, dessen Flügel sich niemals werden stutzen lassen.«

Nerval scheint eingeschlafen zu sein. Gruby erhebt sich, geht zu ihm und legt die Hand auf seine Schulter. Nerval steht mühsam auf und lässt sich von Gruby und Baudelaire zur Tür geleiten.

»Armer Teufel«, flötet die Colet. »Ich habe gehört, dass er vollkommen mittellos ist. Er soll jetzt auf der Straße leben. Einst ein hoffnungsvolles Talent, jetzt ein

Clochard. So wie es um ihn steht, wird er wohl wieder in eine Heilanstalt zurückmüssen.«

Der Abend ist noch lange nicht zu Ende. Wieder und wieder muss der Gastgeber den Tokaieraufzug betätigen. Unter dem Einfluss des reichlich genossenen Weines wird die Diskussion immer hitziger, vor allem, weil es jetzt neben ästhetischen auch um politische Themen geht. Vor allem die Reizfigur Napoleons III. erregt die Gemüter, des neuen Kaisers, der vor zwei Jahren durch einen Staatsstreich die Monarchie wieder eingeführt hat und der alles dafür tut, um es seinem charismatischen Onkel Napoleon Bonaparte gleichzutun, ja, eine glaubwürdige Kopie des einst mächtigsten Mannes der Erde zu sein. Es gibt Anhänger und Gegner des Kaisers. Die einen loben die unter seiner Ägide stattfindende städtebauliche Erneuerung von Paris, die modernen Häuser mit eigenen Toiletten in jeder Wohnung, die geraden Avenues, Frischluftkanäle, die die stickige Luft der Altstadt vertreiben, andere bedauern den Verlust des mittelalterlichen Charmes der Stadt und behaupten, die neuen schnurgeraden und bis zu 40 Meter breiten Prachtstraßen dienten ausschließlich der Absicht, den Barrikadenbau zu erschweren und Aufstände leichter niederschlagen zu können. Es ist vor allem Baudelaire, der sich über die Eingriffe der Städteplaner empört. »Wenn das Pittoreske verloren geht, werden die Menschen zu Schachfiguren, die die Mächtigen über ein klar gegliedertes Brett hin und her schieben. Wir Dichter brauchen das Pittoreske der Stadt, denn ist nicht auch der einzelne Bewohner im Innersten pittoresk? Dieser Haussmann ist krank. Er kann den Schmutz einfach nicht vertragen, diesen Humus der Phantasie.« Einige wiederum loben den vom Kaiser initiierten Ausbau des Eisenbahnnetzes, andere sehen darin vor allem eine krankmachende Entwicklung, die Lärm und Hektik verbreite anstelle der Muße eines Blicks aus einem Postkutschenfenster. Um ein Abgleiten der Gespräche in allzu hitzige Auseinandersetzungen zu vermeiden, wendet sich der Gastgeber an Courbet. »Sagen Sie, mein Verehrtester, ich habe neulich bei Ihrem Gönner Alfred Bruyas, der heute leider wegen einer Krankheit nicht unter uns weilen kann, ein hochinteressantes Werk von Ihnen sehen dürfen. Ein Selbstporträt, wie ich vermute, in dem Sie sich in einem Ausdruck höchsten Erschreckens zeigen, ja, einer extremen Verzweiflung, die beinahe in Wahnsinn umzuschlagen droht. Was hat Sie zu diesem Motiv inspiriert? Eine reale Lebenssituation?«

Alle schenken dem Maler neugierige Blicke. Courbet räuspert sich, offenbar angenehm davon berührt, plötzlich im Mittelpunkt der Diskussion zu stehen, und sagt mit lauter und überdeutlicher Stimme: »Es ist in der Tat eine reale Situation, wenn auch eine ausgedachte, was keineswegs ein Widerspruch ist. Denn sind nicht auch Träume und Halluzinationen höchst real? Das Bild, das Sie ansprechen, ist schon zehn Jahre alt, und es ist Ausdruck meiner Überzeugung, dass ein Antlitz am wenigsten durch Anstand, Sitten oder Gedanken zu einer Maske verformt ist, wenn sich sein Inhaber im Zustand größter Verzweiflung, größter Angst, größten Erschreckens befindet. Sie haben es gerade am armen Nerval deutlich sehen können. Sein Gesicht war nackt, weil ihm der Wahnsinn die Maske abgerissen hat. Und noch etwas, ich habe die Perspektive des Bildes damals so gewählt, dass sich jeder Betrachter in der Rolle jenes rätselhaften Monsters befindet, das bei dem Dargestellten ein heilsames Entsetzen auslöst.«

Es ist vor allem Baudelaire, der Courbet beipflichtet, wobei er die Ansicht vertritt, dass Wein, Absinth, Opium, Haschisch und andere Rauschmittel geeignete Substanzen sind, um der Realität die in ihr verborgenen fantastischen Eigenschaften abzugewinnen. Die Diskussion wendet sich nun wieder ästhetischen Inhalten zu. Es geht um die Frage, ob der Realismus der großen Autoren der ersten Jahrhunderthälfte, Balzac, Hugo, Stendhal, nicht eine Sackgasse darstellt. Baudelaire verteidigt Balzac. »Er war besessen, er brauchte keine Drogen, er war seine eigene Droge. Sein sogenannter Realismus ist in Wahrheit eine Form des Supranaturalismus. Er beschreibt Dinge und Menschen so, dass der Mythos hindurchschimmert. Ich bewundere ihn. Genauso wie den unsterblichen Edgar Allan Poe, den ich, wie Sie alle sicher wissen, mit größter Liebe und Bewunderung übersetzt habe. Und ich verehre unseren leider verhinderten Henri, dem ich eine der tiefsten Einsichten in das Wesen der Kunst zu verdanken habe. Er äußert sie in seiner Kritik des Salons von 1831. Ich kenne die Stelle auswendig: ›In der Kunst bin ich Supranaturalist. Ich glaube, daß der Künstler nicht alle seine Typen in der Natur auffinden kann, sondern daß ihm die bedeutendsten Typen als eingeborene Symbolik eingeborener Ideen gleichsam in der Seele geoffenbart werden.‹ Auch Sie, lieber Gustave, sind kein Realist, wie Ihnen von den Spießbürgern unterstellt wird, sondern Supranaturalist.«

»Und, nicht zu vergessen, Autodidakt. Ich bin stolz darauf, mir alles Wesentliche selbst beigebracht zu haben. Auch Gott war Autodidakt. Er hat die Schöpfung nirgendwo gelernt, er hat sie zum ersten Mal gemacht, ganz ohne Vorbilder. Er war eindeutig Supranaturalist. Nur Autodidakten können Supranaturalisten sein. Denn nur sie haben die Fähigkeit, in ihrer Seele das Wesen der Dinge zu erblicken.«

Meißner, der bislang beharrlich geschwiegen hat, sagt plötzlich etwas, mit dem er augenblicklich die Aufmerksamkeit der Tischgesellschaft auf sich zieht: »Unser Henri arbeitet übrigens wieder an einem Manuskript. Große, eng mit dem Crayon bekritzelte Bögen. Ich schätze den Umfang auf drei Bände im Druck. Auf meine Frage, worum es bei diesem Werk gehe, sagte er: um mich, oder genauer, um das, was mir von meinem Leben der Nachwelt mitzuteilen sinnvoll erscheint, mein Opus Magnum, der Roman meines Lebens, ein Antiseptikum gewissermaßen gegen all die Lügen, die die Welt und sicher auch die Nachwelt über mich schamlos zu verbreiten geruht. So ungefähr waren seine Worte. Ich habe ihm angeboten, eine Reinschrift für den Drucker herzustellen, aber er wollte leider nicht.« – »Wie steht es eigentlich um unseren lieben Henri?«, wendet sich die Colet mit mütterlichem Tonfall an den Gastgeber. »Sie als sein Arzt müssen es doch am besten wissen.« – »Sie wissen, meine Gnädigste, dass schon in der Antike die Verschwiegenheitspflicht für uns Ärzte galt. Ich kann Ihnen also keine Auskunft geben.«

Flaubert, der die ganze Zeit über eisern geschwiegen hat, sagt plötzlich einen Satz, der den meisten der Anwesenden den Atem stocken lässt: »Ein Ehegatte stirbt ganz plötzlich, weil seine Frau ihm in den Mund gefurzt hat.«

Die beiden Damen am Tisch beginnen hysterisch zu lachen.

»Machen Sie Witze?«, ruft jemand.

»Nein. Durchaus nicht. Es handelt sich um eine

Tatsache, die der berühmte Arzt Vincent Raspail seiner Leserschaft mitzuteilen die Gnade hatte. Zweifellos hat er einen tiefen Einblick in das Wesen zwischenmenschlicher Liebe.«

Alle reden jetzt laut durcheinander, manche schreien sogar. Um das Thema einmal mehr zu wechseln, lenkt Gruby das Gespräch auf einen Gegenstand, der ihm besonders am Herzen liegt: das Wetter und seine Vorhersage. Erst vor kurzem hat der große Astronom und Entdecker des Neptun Le Verrier die erste auf telegraphisch übermittelten Daten basierende Wettervorhersage für Frankreich veröffentlicht. Anlass ist die größte Schiffskatastrophe des Mittelmeers. Ein schwerer Sturm trieb die französische Fregatte »La Sémillante« südlich von Korsika auf ein Riff. Sie ging mitsamt den 963 an Bord befindlichen Männer unter. Der Kaiser hatte unter dem Eindruck dieser Tragödie Verrier beauftragt, wissenschaftliche Wettervorhersagen zu ermöglichen, durch die solche Unglücke in Zukunft vermieden werden können. »Durch die Beobachtung von Wetterereignissen und ihre Verbreitung über ein flächendeckendes Netz von Telegraphiestationen können wir schneller sein als der Wind«, sagt Gruby. »Es ist ein großes Verdienst unseres Kaisers, dass er den Ausbau eines solchen Netzes mit viel Geld unterstützt. Glauben Sie mir, verehrte Gäste, die elektrische Telegrafie ist nicht nur sehr praktisch, sie wird auch unser Zeitempfinden verändern und schließlich sogar uns selbst. Morse hat mit seinem Alphabet jede Botschaft in ein Nacheinander von nur zwei Zeichen verwandelt, dem Punkt und dem Strich. Das ist der neue Dualismus der Zukunft, der alles durchdringt. Vielleicht ist das der Beginn einer Verarmung des Geistes, doch andererseits können wir so zum ersten Mal in der Geschichte der Menschheit der Natur wirklich die Stirn bieten.«

Gruby meint, dass es jetzt Zeit für die Nachspeise ist. Er lässt süße Palatschinken auftischen und dazu als Digestiv einen alten Sliwowitz. Nachdem das Dessert verspeist worden ist und etliche Toasts auf den Gastgeber ausgebracht worden sind, hebt Gruby die Tafel auf. Bald darauf schlüpfen in der Garderobe menschliche Körper in die Schattenwesen ihrer Mäntel und verlieren sich anschließend in der Dämmerung der von einigen wenigen Gaslaternen beleuchteten Straßen. Es hat aufgehört zu schneien.

Der tanzende Clochard

David Gruby, der ein weiches Herz hat, macht sich am folgenden Tag auf die Suche nach dem unglücklichen Poeten Nerval. Er läuft die Ufer der Seine ab und findet ihn schließlich unter einer der Brücken. Der für die Kälte viel zu leicht bekleidete Nerval sitzt im Schneidersitz auf einem kleinen, schmutzigen Perserteppich. Es sieht aus, als wolle er sich jeden Moment mit ihm in die Luft erheben, um ins Morgenland davonzufliegen. Gruby lässt sich neben ihm auf einer leeren Weinkiste nieder. »Wie geht es Ihnen?« – »Mir? Mir geht es gut, seit ich so überraschend verstorben bin«, lautet die Antwort. »Wie geht es meinem Freund Henri, ist er auch schon tot?« – »Nein. Aber er leidet sehr unter seinen Gebrechen und ist dabei doch guter Dinge. Eine eigenartige Sache. Seine Schaffenskraft ist ungebrochen. Aber ich glaube nicht, dass er es noch lange machen wird. Sie sollten ihn unbedingt bald besuchen. Ich weiß, wie sehr er Sie schätzt und wie sehr Sie ihn schätzen.«

Beide schweigen und starren in den träge dahinfließenden Strom. Nach einer Weile sagt Nerval: »Manch-

mal denke ich, dass die Seine durch die Stadt flussaufwärts zur Quelle fließt. Ich fühle mich wohl bei dieser
Vorstellung. Nichts ist schlimmer, als flussabwärts zu
treiben und irgendwann in der Mündung verloren zu
gehen.«

»Lieber Nerval, Sie können bei diesem Wetter, dieser Nässe und Kälte, unmöglich lange im Freien überleben. Sie werden sich eine Lungenentzündung holen.
Sie sollten den Gedanken ins Auge fassen, wieder in
eine psychiatrische Klinik zu gehen. Ich werde Ihre
Einweisung in das Haus Charenton veranlassen. Sie
brauchen keine Angst zu haben. Man wird heute nicht
mehr ans Bett gebunden, in eiskalte Bäder getaucht
oder in eine Zwangsjacke gesteckt.«

»Sie haben recht, lieber Gruby, ich sollte mich in
mein Schicksal fügen und mich in die Obhut von
wohlmeinenden Ärzten begeben. Aber Sie müssen mir
versprechen, mich hin und wieder zu besuchen, um
sich ein Bild von mir und meiner Lebenssituation zu
machen. Sonst könnte es sein, dass ich bereits verstorben bin und niemand es bemerkt hat, nicht einmal ich
selbst.«

Gruby steht auf, zieht seinen Wintermantel aus und
legt ihn Nerval um die Schultern. »Ich mache jetzt
eine Visite bei Ihrem Freund Henri. Ich werde ihm
Ihre Grüße bestellen.«

»Grüße aus dem Totenreich. Sagen Sie ihm, dass es

schön ist am Rhein. Haben Sie ihn auch gehört? Diesen herzzerreißenden Schrei?«

Gruby geht. Als er sich noch einmal umdreht, sieht er, wie Nerval zu tanzen beginnt, immer im Kreis, in kleinen Pirouetten, direkt am Rande des Flusses, den er für den Rhein hält, der jedoch die Seine ist. »Er ist sein eigener Trabant«, denkt der Arzt, »sein Planet ist sein inneres Zentrum. Eine Sonne gibt es nicht für ihn.«

Die Henkersmahlzeit

Am folgenden Morgen hat Heine Schmerzen wie schon lange nicht mehr. Sie schreien in seinem Kopf, ein Schwarm von Singvögeln, die mit ihren Schnäbeln auf sein Hirn einhacken. Vielleicht ist auch er selbst nichts anderes als eine bunte, verstörte, plappernde Vogelseele hinter den Gitterstäben ihres engen Bauers. War er nicht längst ein menschlicher Papagei, der in endlosen Versen nachplapperte, was er nicht verstand? Er sitzt auf dem Nachtstuhl und wartet auf die Entleerung. Die Zeit scheint sich in seinen Gedärmen verhärtet zu haben zu einem versteinerten Wurm, der nicht mehr kriechen kann. »Ewigkeit, wie bist du lang«, stöhnt er, während er presst. »Was ist das Leben anderes als eine quälende Form der Obstipation«, denkt er. »Und was sind die zahllosen Reimereien, die ich fabriziert habe, anderes als Leinsamen, die, wenn sie aufquellen, die Verdauung fördern.«

Der Kranke erträgt stöhnend die Prozedur der Reinigung, aber er weigert sich, sein Frühstück einzunehmen. Stattdessen trinkt er ein Glas Absinth, vermischt mit einer großen Dosis Mohnsaft. Mathilde fließt diesmal über vor Mütterlichkeit. Sie nimmt ihn auf ihren Schoß und wiegt ihn wie einen Säugling. Im Hintergrund lässt sich Cocotte vernehmen mit einer Salve vulgärer Schimpfwörter, von denen Conard, Fils de pute, Enfant mal, Veuve, Enculé noch die mildesten sind. Heine lächelt. Hat dieser verdammte Vogel nicht recht? Ist er nicht wirklich ein Vollidiot, ein Krüppel, ein Hurensohn?

Als alle endlich fort sind und auch die Schmerzen nachgelassen haben, wartet er geduldig. Er liegt im abgedunkelten Zimmer auf der Chaiselongue und kommt sich vor wie eine Fliege im Bernstein, die die Flügel zu putzen versucht. Warten ist ihm längst zur zweiten Natur geworden. Er hat es wahrhaft gründlich gelernt, ja er ist inzwischen ein echter Virtuose des Wartens. »Aber worauf warte ich eigentlich?« denkt er. »Vielleicht auf mein Ende? Andererseits: auf ein Ende kann man nicht warten, denn es ist immer schon da, wie bei den beiden Igeln, zwischen denen sich der Hase tot rennt. In jedem Augenblick des Lebens ist etwas zu Ende, vollendet sich ein Stückchen Tod.«

Endlich geschieht etwas. Diesmal ist es keine Geräuschwolke, sondern eine Geruchswolke, genauer gesagt, eine Wolke von bestialischem Gestank, die den Besucher ankündigt. Gérard de Nerval hat seinen Hummer dabei, den er so oft zum Entsetzen der Passanten beim Flanieren an einer Leine mit sich führt. Das Tier ist inzwischen offenbar tot und befindet sich im Zustand der Verwesung.

»Lieber Henri, ich bin gekommen, um dir auf Nimmerwiedersehen hier auf Erden zu sagen. Ich gehe fest davon aus, dass wir uns bald an den Ufern des Letheflusses wiedertreffen werden. Ich komme gerade von dort. Ich habe Charon getroffen. Er ist ein netter Mann, du kennst ihn. Aber der Rhein ist sehr schmutzig. Das kommt von all den Toten, die dort ihre Erinnerungen abgewaschen haben. Das hat ihn so trübe gemacht. Erinnerst du dich an deine erste Liebe? Auch ich denke oft an die meine. Man liebt nie wieder wie beim ersten Mal. Jede neue Liebe ist der Versuch, die erste Liebe wiederzufinden. Die meine hieß Aurélia. Die deine hieß Amalie. Du hast mir von ihr erzählt: Amalie und Aurélia, wir können sie nicht vergessen, so oft wir auch im Lethefluss den Schmutz unserer alten Gefühle abzuwaschen versuchen.«

»Mein lieber Gérard, du weißt doch, dass das Leben ein einziges Theaterstück ist. Es gibt darin Statisten, Chargen und Hauptdarsteller. Du bist ein Hauptdarsteller, den einige wie einen Statisten behandeln. Ich bin ein Hauptdarsteller, den einige wie einen Chargen behandeln. Amalie ist längst tot. Am Schluss ist sie dick geworden, fast so dick wie meine Frau. Frauen werden dick, wenn sie unglücklich sind, weil sie begreifen, dass sie Statisten und keine Hauptdarsteller sind, als die wir sie am Anfang unserer Liebe behandelt haben. Das war ein dummer Fehler. Wir neigen dazu, in jeder schönen Frau eine Hauptdarstellerin zu sehen. Auch meine Frau war für mich einst eine Hauptdarstellerin. Ich weiß jedoch, dass ich bald diese Bühne mit all ihren schlechten Stücken, ihren schlechten Schauspielern und ihrem ignoranten Publikum verlassen werde. Am liebsten möchte ich vorher noch einmal das Meer sehen, diesen größten Seelentröster der Schöpfung. Jedes Mal, wenn ich dort war, auf Helgoland, auf Norderney, in England, in der Normandie, war mir leichter zumute als anderswo im Binnenland. Vielleicht war es der Anblick dieser trostlosen Weite, der mir wohltat, weil sie mit jeder Welle zu sagen schien, wie unbedeutend doch unsere Geschäfte auf Gottes Erdboden sind. Ich machte damals meine besten Gedichte. Ich war so etwas wie der Hofdichter des Meeres. Leider ist mir der Wunsch, an die Küste zu fahren, inzwischen versagt, denn es ist mir unmöglich geworden zu reisen. Ich habe deshalb einen anderen, letzten Wunsch. Ich möchte noch einmal Austern essen, diese sublimen Geschöpfe des Meeres. Ich habe neuerdings dank des Geschicks unseres gemeinsamen Arztes Doktor Gruby meinen Geschmackssinn wiedererlangt. Ich muss diese Kinder der See daher noch einmal schmecken. Da mir Mathilde ein solches Begehren sicherlich abschlagen wird, bist du der Einzige, der mir meinen Wunsch erfüllen kann. Ich bitte dich also um Folgendes: Geh zum Quai des Gesvres. Da gibt es, wie du sicherlich weißt, die besten Austern, nämlich solche aus Ostende. Kauf vierundzwanzig Stück, eine Schale Schalottenragout, gewürzt mit Pfeffer und Salz, und eine Flasche Chablis. Hier ist das nötige Geld.«

Er verlässt seinen Thron, fingert seine Börse unter dem Kopfkissen hervor und gibt Nerval eine goldene Fünffrancs-Münze. »Das dürfte reichen. Den Rest kannst du für dich behalten.« – »Das ist zu viel«, stammelt sein Freund. Heine, der die permanente Geldnot Nervals kennt, sagt: »Nimm es als Honorar für die klugen Texte, die du mir immer wieder vorsprichst.« Er kriecht zum Nachtstuhl zurück, setzt sich und wartet erneut. »Ewigkeit, wie bist du lang«, flüstert er, während Gérard de Nerval den Raum verlässt, nicht ohne einen langen Seufzer zurückzulassen, der wie ein Geräuschschatten im Zimmer schweben bleibt.

Eine gute Stunde später ist Nerval zurück. Er hat eine große Tasche dabei.

»Hast du alles, lieber Gérard?«

»Alles, was du dir gewünscht hast. Den besten Chablis, das Schalottenragout und die besten Austern aus Ostende.«

»Dann bring alles bitte auf den Balkon, auch mich,

damit ich das Rauschen des Verkehrs für das Rauschen des Meeres halten kann.«

Nerval hebt seinen Freund vorsichtig von der Chaiselongue. Dabei bemerkt er, wie leicht dieser Körper ist. Er wiegt kaum mehr als 30 Kilo. Er sieht auch, wie dünn dessen schlaff herabhängende Beine sind. Außerdem sind sie unnatürlich verdreht, so dass die Fersen nach vorn zeigen. Der Januartag ist eiskalt. Henri liegt mit klappernden Zähnen unter einer dicken Bettdecke. Die Kälte hat andererseits zur Folge, dass seine Kopfschmerzen nicht wiederkommen. Sie sind in seinem Gehirn eingefroren. Dann machen sich die Freunde ans Werk. Schale nach Schale segelt durch die Balkonbrüstung auf die Straße. Nach dem Mahl zieht Nerval ein Manuskript aus der Tasche und beginnt, daraus vorzulesen:

»Der Traum ist ein zweites Leben. Niemals drang ich ohne Schauder durch diese Pforten aus Elfenbein oder Horn, die uns von der Welt des Unsichtbaren trennen. Die ersten Augenblicke des Schlafes sind das Bild des Todes; ein betäubender Nebel hüllt unser Denken ein, und wir sind außerstande, mit Sicherheit den Augenblick anzugeben, in dem unser *Ich* in verwandelter Gestalt das Geschäft seines Daseins fortführt. Undeutlich liegt ein unterirdisches Gelände vor uns, das sich erst allmählich lichtet, und langsam tauchen aus Nacht und Düster in strenger Erstarrtheit die bleichen Gestalten auf, die den Vorhof der Unterwelt bewohnen. Dann vervielfältigt sich das Bild, und von einer neuen Helle beglänzt beginnen diese seltsamen Erscheinungen sich zu regen: die Geisterwelt hat sich aufgetan.«

Als Nerval geht, wird es schon dunkel. Spätabends kommt Mathilde nach Hause und findet ihr krankes Vögelchen auf dem Boden liegend mit dem Gesicht in einer Pfütze von Erbrochenem. Sie säubert ihren Mann so gut es geht und trägt ihn mit Cathérine zu seinem Bett. Da die Krämpfe und das Erbrechen die ganze Nacht durch anhalten, schickt Mathilde am nächsten Tag nach Gruby, der dem Kranken ein Cannabisextrakt einflößt, um das krampfhafte Erbrechen zu stoppen. »Ich war am Meer«, ächzt der Kranke. »Besser gesagt, das Meer war bei mir. Es war von den eigenen Wellen seekrank. Es erbrach sich in seiner Brandung, und ich war die Küste.«

Gruby sagt: »Ich habe leider schlechte Nachrichten. Man hat Ihren Freund Nerval tot aufgefunden. Aufgehängt am Gitter eines Abwasserkanals in der Rue de la Vieille Lanterne. Die Polizei schließt eine Gewalttat aus. Es war offenbar Selbstmord. Die Leiche war gefroren. Sie war hart wie ein Brett. Man konnte sie an die Wand lehnen, nachdem man sie vom Strick befreit hatte. Er muss also bereits am Abend zuvor gestorben sein. In einer Tasche von Nervals Anzug fand man ein Manuskript, offenbar eine Erzählung mit dem Titel ›Aurélia‹.«

Heine zeigt keinerlei Reaktion auf die Nachricht. Trauer und Schmerz sind diesmal zu groß, zu gewaltig, um sich in physischen Reaktionen manifestieren zu können. Er empfindet nur eine große Leere. Sein Freund ist durch jene Elfenbeinpforte gegangen und jetzt im Reich der Geister. Er selbst steht unmittelbar vor dieser Tür. Er wird ihm bald folgen.

Hypnos und Thanatos

Hypnos und Thanatos werden Zwillingsbrüder genannt. Wirklich zu recht? Der Schlaf ist dem Tod tatsächlich zum Verwechseln ähnlich. Aber er hat die Freiheit, übers Land zu ziehen und die Menschen nur vorübergehend in seine Gewalt zu bringen, während sein Bruder bewegungslos am Eingang des Hades auf seine Opfer wartet. Wen er einmal gepackt hat, den lässt er nicht wieder los. Mit einem Tritt in den Hintern befördert er ihn geradewegs in den weißen Abgrund, aus dem es keine Rückkehr mehr gibt. Heine selbst fürchtet sich nicht vor dem Tod. Er findet ihn nur ärgerlich, zu banal, zu phantasielos, ein Philister des Nichts. Der große Shakespeare hat es verstanden. Sterben, schlafen, nichts weiter. Das trifft es genau. Die andere Stelle, dieses Sein oder Nichtsein ist hingegen weniger treffend. Denn ist nicht halbes Sein und halbes Nichtsein der Normalzustand, in dem man sein Leben verbringt? Beendet der Tod nicht eine lange Kette von Halbheiten? War er ein Arzt, der seine Patienten von ihren Halbheiten heilte? Halb scharfsinnig, halb wahnsinnig, halb nüchtern, halb betrunken, nicht heiß oder kalt, vielmehr lauwarm, das ist das übliche Wasser, in dem man den Fluss des Lebens hinabtreibt.

Das Schlimmste aber ist eine andere Halbheit, die ihn quält: nicht richtig leben zu können und nicht sterben zu dürfen. Müde zu sein und nicht schlafen zu können. »Ich kann nicht schlafen«, denkt er, »weil ich nicht sterben kann. Was für eine grausame Form der Unsterblichkeit ist die Schlaflosigkeit.« Das Einzige, was ihm ein wenig hilft, ist das Verfertigen von Reimen. Er hat etwas von der schmerzlindernden Wirkung von Lachgas gelesen, die der englische Chemiker Hampry Davy beschrieben hat. Reime ähneln Lachgas. Sie provozieren Gelächter, betäuben den Geist, und sie wirken zugleich beruhigend wie das Schaukeln einer Wiege. Auch diesmal kommen die Verse wie von selbst, als hätten sie bereits in seinem Kopf auf ihren Auftritt gewartet, um jetzt endlich mit Hilfe der Bleifeder auf die Bühne aus Papier zu dürfen. Er lässt sich dazu von der Pflegerin das kleine, wie ein schräg gestelltes Tablett geformte Schreibpult über die Bettdecke schieben. Dann notiert er blind, was ihm an Versen durch den Kopf geht.

»Der Vorhang fällt, das Stück ist aus
Und Herrn und Damen gehn nach Haus
Ob ihnen auch das Stück gefallen?
Ich glaub', ich hörte Beifall schallen.

Ein hochverehrtes Publikum
Beklatschte dankbar seinen Dichter.
Jetzt aber ist das Haus so stumm,
Und sind verschwunden Lust und Lichter.
Doch horch! ein schallend schnöder Klang
Ertönt unfern der öden Bühne;-
Vielleicht daß eine Saite sprang
An einer alten Violine.
Verdrießlich rasseln im Parterr'
Etwelche Ratten hin und her,
Und alles riecht nach ranz'gem Öle.
Die letzte Lampe ächzt und zischt
Verzweiflungsvoll, und sie erlischt
Das arme Licht war meine Seele.«

Kurz vor Morgengrauen sinkt er endlich erschöpft in Morpheus' Arme. Es ist ein bleierner Schlaf. Im Traum sieht er sie alle vor seinem inneren Auge, die Gestalten aus der Vorhölle seines Lebens. Darunter seine Mutter, ein Freigeist mit herben Zügen, sein Vater Samson, ein schöner, leichtlebiger Mann mit blonden Haaren, der ein Leben lang wie er selbst dem Lustprinzip treu geblieben ist, was ihn am Ende zum Bankrotteur werden ließ und schließlich zu seinem frühen Tod führte, seine drei jüngeren Geschwister, die er liebt, seinen Onkel Salomon, einer der reichsten Männer Deutschlands, von dem er gelernt hat, dass

Geld zwar nicht glücklich macht, jedoch ein probates Mittel ist, Unglück leichter zu ertragen, seine schönen Cousinen Amalie und Therese, in die er einst vergeblich und hoffnungslos verliebt war, um dabei die Erkenntnis zu gewinnen, dass verschmähte Gefühle die reinsten sind und dass äußere Schönheit kein Spiegel innerer Schönheit ist und schon gar kein Grund, sie zu begehren, sein Großonkel Simon den Geldern, genannt der Morgenländer, weil er eine große Zeit seines Lebens in Nordafrika verbracht hatte. Alle sehen sie verändert aus, die Lebenden gleichen Toten, die Toten scheinen zu leben. Einige tragen ihre Gesichtshaut zusammengefaltet auf dem blutigen Schädel, andere haben sich ihr Antlitz wie einen Selbstbinder um den Hals geknotet.

Irgendwann wird er vom Klappern des Herdes in der Küche wieder geweckt. Die Köchin schürt das Feuer und setzt einen großen Topf mit Wasser auf für sein Bad.

Er hat viel Besuch in diesen Tagen. So etwas wie ein Leichenzug, der hinter einem Sarg herläuft. Dabei ist er noch gar nicht tot, aber er scheint für viele so etwas wie ein interessanter lebender Leichnam zu sein. Sein überempfindliches Gehör lässt ihn oft bereits an den Schritten im Treppenhaus erkennen, wer ihn besuchen will. Verehrer versuchen wohl aus Ehrfurcht, besonders leise zu sein, bei anderen ist es nicht so. Karl Marx zum Beispiel poltert immer die Treppe empor und tritt sich besonders lange und heftig die Schuhe ab, worauf sein Freund Friedrich Engels hingegen gänzlich verzichtet. Er mag beide gern, obwohl er die politischen Ansichten der Revolutionsdoktoren, wie er sie spöttisch nennt, für knäbische Spinnereien hält.

Der körperlich kleine und entsprechend leichte Berlioz stolziert auf der Treppe gravitätisch wie ein Pfau und nimmt manchmal zwei Stufen auf einmal. Die meisten Frauen erkennt er am schnellen Trippelschritt. Bei seiner Frau ist es anders. Sie stampft wie ein Ackergaul. Auch jetzt hört er Schritte, die zu einer Frau passen. Es ist die neue Pflegerin, deren Schritt ihm noch nicht vertraut ist. Sie trippelt herbei, hebt ihn aus dem Bett und trägt ihn zur Zinkwanne voller warmem Wasser. Dann wäscht sie ihn gründlich. Die wunden Partien am Rücken betupft sie mit Lugolscher Lösung. Anschließend trägt sie ihn zum Bett zurück, legt ihn dort behutsam ab und breitet eine seidene Decke über ihn.

Am Ende des Bettes befindet sich eine Art Flaschenzug, der dazu dient, das Ende der obersten Matratze hochzuziehen und den Kranken in eine sitzende Position zu bringen, so dass er einigermaßen bequem sein Frühstück einnehmen kann. Aus der Küche dringt der Geruch von gebratenem Fleisch. Wie meistens isst Heine dünn geschnittene Scheiben Rinderfilet, diesmal sogar mit Appetit. Dazu trinkt er mit Wasser verdünnten Rotwein. Dann lässt er sich von der Pflegerin aus den Zeitungen vorlesen. In der Politik gibt es nicht viel Neues. Das dritte Kaiserreich liegt wie eine Glocke über dem stinkenden Käse des Volkes.

Komplizenschaft

Jahre zuvor, im August 1847, lehnte eine junge, nach der neuesten Mode gekleidete Frau auf der Mole von Le Havre an einer der großen Trommeln, auf der die armstarken Festmacherleinen aufgewickelt waren. Sie betrachtete das Gewusel der Menschen, die sich vor der Gangway zu einem Dampfsegler drängten. Als das Schiff später ablegte, blieb ihr Blick an der Gestalt eines Mannes hängen, der, ein lavendelfarbenes Schnupftuch in der Hand, mit ausholenden Bewegungen seines Armes winkte. Sie wusste, dass dieser Abschiedsgruß ihr galt, aber sie machte keine Anstalten, ein Zeichen zu geben, dass sie ihn wahrnahm.

Die junge Dame suchte sich einen Platz, an dem sie sich setzen konnte, und holte ein Buch aus ihrer Handtasche. Über dem magentafarbenen Wasser im Westen, dort, wo in einiger Entfernung die Seine ins Meer mündete, ging blutrot die Sonne unter. Im Vordergrund die schwarzen Silhouetten zweier Ruderkähne, im Hintergrund, vom Abendnebel verschleiert, Kräne, Masten und Rahen von Großseglern. Im Blick der Frau lag so etwas wie unstillbares Fernweh.

Der Mann mit dem Schnupftuch war ihr Adoptivvater gewesen, ein genauso schöner wie weicher Mann, der ihr immer wieder auf ungeschickte Weise seine Zuneigung zu zeigen versuchte. Er war durch unglückliche Umstände und falsches Geschäftsgebaren verarmt und jetzt auf dem Weg nach Amerika, um dort die Reste seines einstigen Vermögens aufzuspüren. Diesmal hatte er ihr zum Abschied einen goldenen Ring mit einem grünen Stein geschenkt, den sie nun am Mittelfinger trug, weil er für den Ringfinger zu weit war. Sie schlug das Buch auf und begann, darin zu lesen.

Plötzlich hörte sie eine Männerstimme neben sich. Sie sagte in einem harten Französisch: »Was hat Sie denn hierher gelockt?« Die junge Frau wandte den Kopf und blickte in schwarze, stechende Augen. »Wir können uns in unserer Muttersprache unterhalten«, sagte sie. »Ich bin hier, weil ich die Poesie der Sonnenuntergänge am Meer so liebe.« Der Mann deutete zur Sonne, die jetzt zur Hälfte hinter die Böschung des jenseitigen Ufers geglitten war, und rezitierte mit tremolierender Stimme:

»Das Fräulein stand am Meere
Und seufzte lang und bang,
Es rührte sie so sehre
Der Sonnenuntergang.
Mein Fräulein! sein Sie munter,

Das ist ein altes Stück;
Hier vorne geht sie unter
Und kehrt von hinten zurück.«

Die junge Dame blickte den Mann mit großer Verblüffung an. »Woher wissen Sie, dass Heine mein Lieblingsdichter ist?« Statt die Frage zu beantworten, rezitierte er weiter:

»Mein Herz ist wie die Sonne
So flammend anzusehn,
Und in ein Meer von Liebe
Versinkt es groß und schön.«

Genau in diesem Moment verschwand die Sonnenscheibe hinter dem Horizont. Auch ihre rotgoldene Spur auf dem Wasser erlosch. »Es war ganz einfach, das herauszufinden: Ich habe Sie, wenn Sie verzeihen, beobachtet. Sie interessierten mich, denn Sie lasen ein Buch. Kein gewöhnlicher Anblick um diese Stunde an diesem Ort. Sie haben mich nicht bemerkt, aber ich ging nahe an Ihnen vorbei, so nah, dass ich den Titel des Buches lesen konnte. Es war ›Das Buch der Lieder‹. Eines meiner Lieblingswerke. Wo leben Sie? Was hat Sie hierher geführt?«

»Ein Abschied. Aber das ist nicht der wirkliche Grund. Ich lebe derzeit in Paris. Und hier bin ich, um wieder einmal das Meer zu sehen. Sein Anblick gibt mir Kraft. Es ist ein Symbol der Freiheit, der Grenzenlosigkeit. So möchte ich leben. Ohne Grenzen. Aber die Verhältnisse, in denen ich existieren muss, erlauben es nicht. Ich muss heute noch zurück, sonst sorgt sich meine Mutter zu sehr.«

»Auch ich schätze den Anblick der weiten See, auch wenn er zugleich überdeutlich macht, wie bedeutungslos wir Menschen sind.«

Eine Weile standen sie stumm nebeneinander. Dann gingen sie untergehakt, als würden sie sich schon lange kennen, mit schnellen Schritten zum Bahnhof, um noch den Spätzug nach Paris zu erreichen. Sie suchten ein leeres Abteil zweiter Klasse. Der Mann gab dem Conducteur ein Geldstück mit der Bitte, keine weiteren Passagiere in das Abteil zu lassen. Der Conducteur zündete die Petroleumlampe an der Wagendecke an. Nachdem sie sich einander gegenüber auf die Bänke gesetzt hatten, zog der Mann die Vorhänge an den Fenstern zu. Im trüben Licht der Deckenlampe blickten sie sich lange schweigend an. Die junge Frau hatte ihre elegant beschuhten Füße auf das Polster neben ihrem Begleiter gelegt. Er ließ seine Hand mit sanftem Druck auf ihrer Wade ruhen. »Ich kenne übrigens Ihr Idol persönlich. Ich bin sogar mit ihm befreundet. Ich sitze oft an seinem Krankenlager und spreche mit ihm, lese ihm vor oder schreibe auf, was er mir diktiert. Es sind heilige Momente für mich, diesem so wachen Geist in seinem siechen Körper nahe zu sein. Wie heißen Sie übrigens?«

»Margot. Der Nachname tut nichts zur Sache. Er ist Schall und Rauch.«

Er begann, den Schnürsenkel ihrer weißen Lederstiefel aufzuschnüren. »Wie alt bist du eigentlich?« fragte er. »Sechzehn.« Er lachte. »Du untertreibst. Ich war früher Spitalarzt. Ich kenne den weiblichen Körper. Du bist mindestens zwanzig, wenn nicht älter.« Sie seufzte und sah ihn aus ihren großen Augen an. »Eigentlich habe ich kein Alter. – Erzählen Sie mir lieber von Heine.«

»Erst gestern war ich bei ihm. Er hatte mich wieder einmal zum Essen eingeladen. Seine Frau war nicht da. Sie speist lieber auswärts, wo sie gesehen wird. Wir unterhielten uns über die unerträglichen Verhältnisse in der Politik. Er ist ziemlich konservativ, er mag die Sozialrevolutionäre nicht, obwohl er mit diesem Marx und dessen Freund Engels befreundet ist, aber er ist auch kein Anhänger der Monarchie. Er hält sich irgendwo dazwischen in seiner eigenen Seelenmonarchie. Ich lobe sein Werk bei jeder Gelegenheit. Er mag es. Er ist erstaunlich eitel für einen Menschen, der sich schon so lange in seinem Erfolg sonnen kann. Vielleicht hängt es mit seiner Krankheit oder mit seiner Kindheit zusammen.«

Später lagen sie eng umschlungen auf der gepolsterten Bank. Der Wagen schaukelte wie ein Boot auf hoher See. Seine Bewegungen übertrugen sich auf ihre Körper. Als sie in den Nordbahnhof einfuhren, war es Mitternacht. Sie stiegen aus und standen eine Weile eng beieinander auf dem Perron. »Wo wohnst du?«, fragte er.

»Bei meiner Mutter. Das habe ich Ihnen doch schon gesagt.«

»Und wo wohnt deine Frau Mama?«

»Mal hier, mal da. Wir wechseln die Bleibe ziemlich oft. Und Sie? Wo wohnen Sie?«

»Ich wohne, wenn ich in Paris bin, gewöhnlich im Hotel Britannique. Besuche mich doch einmal. Frage nach Alfred Meißner. Aber erst einmal fahre ich morgen zurück in meine Heimat, zurück nach Prag. Wovon lebst du eigentlich? Vom Geld deiner Mutter?«

»Meine Mutter ist bettelarm. Ich spiele Klavier, gebe Unterricht, hin und wieder ein Konzert. Aber eigentlich möchte ich mein Geld mit Schreiben verdienen.«

»Genau das möchte ich auch. Aber es ist nicht leicht, sich in der Welt der Bücher durchzusetzen.«

Er rief eine Droschke herbei. Ehe Margot einstieg, zog sie den goldenen Ring vom Finger ab und reichte ihn Meißner. »Der Ring soll Sie an unsere Begegnung erinnern«, sagte sie leise. Dann nahm sie in dem Gefährt Platz. Während es auf der von Gaslaternen hell erleuchteten Straße davonfuhr, erinnerte ihre aus dem Fenster winkende Hand an einen flatternden Nachtfalter.

Wochen vergingen. Sie sahen sich hin und wieder, immer scheinbar nach der Regie des Zufälligen. Es war ein Spiel, das beide eingegangen waren, um den Eindruck einer ernsthaften Beziehung zu vermeiden. Und dennoch waren sie ein Paar. Aber es war nicht Liebe, die sie verband, sondern Komplizenschaft. Beide waren Fremde in der Stadt, und beide versuchten sich als Schriftsteller zu etablieren. Sie wussten, der berühmte Kranke in der Rue Matignon konnte dabei hilfreich sein. Für ihre Treffen nutzten sie die neuen Möglichkeiten der Telegrafie. Auch als sie sich 1851 in London in der Regent Street begegneten, vor dem Schaufenster eines Juweliers, war es keineswegs ein echter Zufall. Sie blickte auf seine Hände und sah, dass er den Ring nicht trug. Aber er hatte ihn dabei. »Wir sollten ihn zu Geld machen«, sagte Meißner. Sie betraten den Laden, und der Juwelier klemmte sich seine Lupe ins Auge. »Dieser Schmuck ist wertlos«, sagte er, »das Gold ist genauso unecht wie der Stein.«

Immer wieder reiste Meißner nach Prag. Er traf sich dort mit dem jungen Schriftsteller Franz Hedrich, der ähnlich wie Meißner verzweifelt versuchte, in der Welt der Literatur Fuß zu fassen. Meißner überredete Hedrich, für ihn Romane zu verfassen, die unter seinem bereits etwas bekannteren Namen erscheinen sollten. So zum Beispiel das Buch »Der Pfarrer von Grafenried«, ein seichter Unterhaltungsroman im Stil der Zeit, verfasst in gewundenen Schachtelsätzen wie diesem: »Im Jahre 1821 an einem schönen, aber heißen Tage im August, zur Stunde, als die sinkende Sonne bereits mit goldbraunschillernden Tinten die ruhenden Fichtenwipfel färbte, erschien auf jenem Bergrücken des Thüringer Waldgebietes, wo sich dem Reisenden, der von **** daherkömmt, der Blick auf das herzoglich*****'sche Schloß Phantasie öffnete, ein junger Mensch von auffallend feinen und ausdrucksvollen Zügen.«

Meißner nutzte seine Freundschaft mit Heine, um das Machwerk bei dessen Verlag Hoffmann und Campe unterzubringen, wo es 1855 erschien. Franz Hedrich musste inzwischen als Sympathisant des Vormärz die Heimat verlassen. Meißner brachte seinen übernervösen und mittellosen Schützling vorübergehend im Hotel Britannique unter, wo Hedrich bald auch Meißners Geliebte kennenlernte. Er war beeindruckt von dieser Frau, ihrem maskenhaften Gesicht, dessen Mimik keine Rückschlüsse auf Gedanken oder Gefühle zuließ.

Eine schillernde Schmeißfliege

So unbarmherzig kalt der Winter 1854/55 bis in den April hinein war, so unbarmherzig heiß ist der Sommer 1855. Heine leidet unter der Hitze stärker als unter der vergangenen Kälte. Hinzu kommt unerträglicher Lärm, der ständig von den Baustellen kommt, vor allem aus der Richtung der Champs-Élysées. Manchmal klingt es wie Schüsse, als ob die Junirevolte von 1848, bei der 5000 Arbeiter umkamen, wieder ausgebrochen sei. Damals, vor nunmehr sieben Jahren, hatte auch Heine eine unsichtbare Kugel getroffen und auf diese Matratzen geschleudert, die nun seine letzte ihm verbliebene Barrikade darstellen, um den Ansturm des Todes aufzuhalten. Als jetzt sogar Kanonendonner zu hören ist und nachts Leuchtblitze den Vorhang illuminieren, ist er sich sicher: eine neue Revolution ist ausgebrochen. Auch vernimmt er deutlich die johlende Menge, die durch die Rue Matignon zieht. Er lässt sich Zeitungen bringen und begreift endlich, was dort draußen geschieht. Zwischen Seine und den Champs-Élysées wird der über 200 Meter lange Palais de l'Industrie errichtet, mit dem der französische Kaiser den legendären Crystal Palace der Londoner Weltausstellung von 1851 übertreffen will. Aber im Unterschied zum lichtdurchfluteten und wie ein schwebendes Luftschiff wirkenden Kristallpalast, erinnert das Pariser Ausstellungsgebäude eher an einen sterbenden Wal. Am 15. Mai ist die Eröffnung. Scharenweise flanieren nach neuester Mode gekleidete Besucher an den Sauriern der Neuzeit entlang, den ölglänzenden Lokomobilen, Dampfpumpen, Dampftraktoren, Lokomotiven, Dampfmaschinen, mit denen Webstühle oder Generatoren angetrieben werden. Ihre Manometer gleichen Augen, die polierten Kupferleitungen erinnern an Adern, die die schwarzen Eisenleiber mit Blut versorgen. Es ist wirklich eine Revolution mit ungeahnten Folgen für die Menschheit. Star der Weltausstellung aber sind die 1852 erfundenen Sicherheitsstreichhölzer. Zwar gibt es schon lange Streichhölzer, die verglichen mit der Zunderbüchse sehr praktisch sind, aber sie sind giftig und sie neigen zur Selbstentzündung. 1842 gelang es indessen dem schwedischen Chemiker Pasch, den gefährlichen weißen Phosphor in den Köpfen der Streichhölzer durch ungiftigen roten Phosphor zu ersetzen und außerdem die für eine Entzündung notwendige Reibung auf eine phosphorhaltige kleine Fläche an der Seite der Streichholzschachtel zu verlagern. Während man die Streichhölzer mit weißem Phosphor an allen rauen Stellen entzünden konnte, zum Beispiel an einer Schuhsohle, einer Hausmauer oder einem Sakko, war dies jetzt nicht mehr möglich. Seitdem kann jetzt jedermann überall und jederzeit Feuer machen, einen Herd anstecken, eine Lampe entzünden oder sich gefahrlos eine Zigarette anzünden. Das Zigarettenrauchen wurde überhaupt erst durch das Sicherheitsstreichholz zu einer globalen Mode, zu einem Zeitgeistphänomen, zu einem Symbol für die innere Freiheit, Böses oder Gutes zu tun, kreativ zu sein oder sich niveauvoll zu langweilen. Auch die Frauen haben jetzt eine billige Möglichkeit, ihren Anspruch auf Emanzipation zu zeigen. Sie müssen nicht mehr wie George Sand eine teure Zigarre rauchen, um ihre Unabhängigkeit zu demonstrieren, es reichen die seit Neustem industriell hergestellten Zigaretten, am besten verlängert um eine Zigarettenspitze, die den Eindruck des Lasziven noch verstärkt.

Kein Wunder, dass sich Heine angesichts dieser Entwicklung, von der er nur aus der Zeitung erfährt, wie ein Fossil vorkommt, dessen Reimereien nur noch ein schwaches Echo sind, zurückgeworfen vom Waldrand der Vergangenheit. Und dennoch hat er noch viel vor. Vor allem will er sein Opus Magnum, seine Memoiren, vollenden. In diesem Manuskript herrscht ein moderner, zeitgemäßer Ton. Wann immer er die Kraft dazu hat, arbeitet er daran. Er hat sich angewöhnt, im Dunkeln zu schreiben, mit einer ungefähren Ahnung über den Zeilenverlauf die Bleifeder wie einen Blindenstock über das Papier führend. Die Zeilenenden am Papierrand ertastet er mit den Fingern.

Er ist ein sterbender König, mit seinem winzigen Dreizimmer-Versailles, seinem kleinen Hofstaat, seinen Schranzen, seinen Günstlingen, seiner Mätresse. Kein Sonnen-, sondern ein Schattenkönig, in dessen Reich die Sonne nie mehr aufgeht. Seine Krone sind seine Schmerzen, sein Zepter ist seine Bleifeder, sein Reichsapfel ist seine Einsamkeit.

Er ist unzufrieden mit seinem Hofstaat. Bereits im Mai hat er seinen langjährigen Privatsekretär Richard Reinhardt entlassen, wegen mangelnder Gefühlstoleranz, wie er seinem Verleger Campe nach Hamburg schreibt. Der wahre Grund aber ist, dass Reinhardt schriftlich verlangt hat, per Kontrakt zum Herausgeber und Übersetzer von Heines posthumen Schriften, vor allem seiner inzwischen legendenumwobenen Memoiren, ernannt zu werden. Reinhardt hatte bereits die ›Lutetia‹, so der lateinische Name von Paris, eine für die Augsburger Allgemeine verfasste Sammlung von Texten über die Französischen Verhältnisse in Politik und Kultur, übersetzt, ohne dass zu seinem Ärger sein Name auf dem Titelblatt erschienen war. Außerdem hat er Heine geholfen, die zahllosen Blätter seiner Lebensbeichte zu ordnen.

Das Maß ist endgültig voll, als Heine erfährt, dass

Campe im April eine Woche in Paris gewesen ist, nicht etwa, um seinem erfolgreichsten Schriftsteller einen letzten Besuch abzustatten, sondern um mit Reinhardt das Projekt einer posthumen Gesamtausgabe seiner Werke zu besprechen. Er weiß wie alle Welt, dass der Dichter an seinen Memoiren schreibt und dass ihr Abdruck einen großen Effekt bei der Leserschaft machen würde. Campe hat aus der Presse erfahren, dass er angeblich einer baldigen Publikation dieses umfangreichen und sensationellen Prosatextes im Wege stehen würde. All dies hat ihn so erbost, dass er, um die Situation zu klären und mögliche Missverständnisse auszuräumen, in die französische Metropole gekommen ist. Reinhardt, der sich einbildet, die Gesamtausgabe selbst organisieren zu dürfen, hat Campe aufgefordert, sein Hotel nicht zu verlassen, sondern dort auf eine Nachricht zu warten, wann ein Besuch bei dem Todkranken möglich sei. Er würde persönlich kommen, um Campe zu einer Visite abzuholen. Nach sechs Tagen vergeblichen Wartens reist Campe, der sich in seinem Hotelzimmer wie in einem Gefängnis eingesperrt fühlt, wutschnaubend wieder ab.

Reinhardt ist nicht der erste Sekretär, den Heine entlässt. Immer wieder ist er unzufrieden mit seinen Schreibern, denn es geht ihm nicht nur darum, dass ihm jemand Briefe und Bücher vorliest und Texte für ihn niederschreibt, die er diktiert. Er verlangt mehr. Er will Seelenverwandtschaft, Einfühlung, innere Anteilnahme. Ein Sekretär soll nicht nur die Sinne ersetzen, die ihm mehr und mehr abhandengekommen sind, das Augenlicht, die Stimme, der Geschmackssinn, der Tastsinn. Er soll auch so etwas wie sein leibhaftiges Alter ego sein. Kein Wunder, dass keiner diesem maßlosen Anspruch genügen kann. Am besten gefällt ihm noch der junge Verehrer aus Böhmen, der ihn in den letzten acht Jahren immer wieder aufgesucht hat, an seinem Bett sitzend, vorlesend, Texte abschreibend. Ihn hätte er gerne als Sekretär gehabt, obwohl ihm durchaus klar ist, dass die beharrliche Verehrung dieses Mannes nicht ohne Hintergedanken sein kann. Alfred Meißner versucht ganz offensichtlich, die Freundschaft zu ihm für eine Karriere als Schriftsteller zu nutzen. Außerdem verschwindet dieser Mensch immer wieder unangekündigt, ohne dass man recht wissen kann, wo er sich aufhält, nur um dann plötzlich erneut wie ein Springteufelchen aus der Kiste aufzutauchen.

Auf eine Annonce in verschiedenen französischen Zeitungen erhält Heine einen vom 16. Juni datierten Brief von einer gewissen Margareth, und zwar noch am gleichen Tag, was vermuten lässt, dass ihn der Absender selbst überbracht hat. Der Brief ist mit einem Siegel versehen, das eine Fliege zeigt. Die Lektüre des Schreibens, so mühsam sie für Heine auch ist, weckt in ihm spontan die Neugier, die Verfasserin kennenzulernen. Das liegt nicht zuletzt an dem gewundenen Stil des Schreibens, in dem sich die Pirouetten eines beweglichen Geistes auf dem glatten Eis der Konvention in zahllosen Schnörkeln und Kurven zeigen. »Es ist eine Form von Mut und bis zu einem gewissen Punkt gefährlich, wenn man eine Frau ist, sich den Epigrammen eines erbarmungslosen Spötters auszusetzen. Aber Ihre Sarkasmen erschrecken mich nicht. Sie sind mir so sehr vertraut, ich bin an sie so gut gewöhnt, dass sie mich immer noch verzaubern, sogar wenn ich selbst ihr Gegenstand wäre. Seit Jahren, Monsieur, seit dem Tag, an dem ich zum ersten Mal eines Ihrer Werke las, habe ich immer gedacht, dass wir früher oder später Freunde werden müssten. Von diesem Moment an habe ich eine feste Zuneigung zu Ihnen gefasst, die ich, wenn es Ihnen gefällt, aussprechen werde, wenn Sie wollen, jeden Tag bezeugen werde, und die sicherlich mein ganzes Leben währen wird.«

Als Absender ist ›poste restante‹ angegeben. So schreibt kein einfacher Stellensucher, denkt Heine, so schreibt vielleicht eine Schmeichlerin, eine Intrigantin, die etwas von ihm will, oder eine Verrückte, die sich einen Spaß daraus macht, ihn zu verführen, oder auch jemand, der genügend Gefühlstoleranz hat, um ihm nahe sein zu wollen, ohne ihn dabei zu erdrücken, wie Mathilde es so gerne versucht. Er muss es herausfinden. Ihn reizt dieses kleine Menschenrätsel, das wie ein Lichtstrahl unter einem Türspalt in das dunkle Zimmer seiner Einsamkeit fällt. Mit Lügen kennt er sich aus, sie sind berechenbar. Mit Ehrlichkeit ist es anders. Ehrlichkeit von Menschen irritiert ihn. Das war schon immer so. Akzeptable Ehrlichkeit gibt es nur in der Kunst. Außerdem ahnt er die Möglichkeit, seine Leiden angemessen zu zelebrieren, seinem Sterben einen Auftritt zu verschaffen. Bei Gruby ist das nicht möglich, der durchschaut zu viel. Auch Mathilde ist kein gutes Publikum. Sie glaubt in ihrer arglosen Frömmigkeit, dass so oder so alles wieder gut werden wird. Und seine Freunde wollen nur trösten, wenn sie ihn besuchen. Er aber will keinen Trost, er will den Theaterdonner des Untergangs und das Summen der Schmeißfliegen, die sich über seinen verfaulenden Leib hermachen. Er schreibt ein kurzes Billet, mit dem er die Dame für den 20. Juni um drei Uhr nachmittags zu sich einlädt, und verschickt es poste restante.

Sie erscheint pünktlich. Er hört sie schon auf der Treppe. Es klingt, als ob drei Personen hintereinander die Stufen emporschleichen. Hat eine Fliege nicht sechs Beine? Dann steht sie im Zimmer. Er hat das Rückenteil der Matratze hochgezogen, um sie besser sehen zu können. Als er sein rechtes Augenlid hochzieht, erblickt er eine klein gewachsene, gedrungene Person mit einem lieben Schwabengesicht, wie er sich später ausdrückt. Da er mit nur einem Auge nicht räumlich sehen kann, wirkt ihr Anblick wie ein flächiges Bild, unscharf, wie bei einer Camera obscura mit einem zu großen Loch. Sie scheint nicht sonderlich hübsch zu sein. Das spricht für sie. Denn hat er nicht oft genug in seinem vergangenen Leben die Erfahrung machen müssen, dass die Hübschen über weniger Verstand und Herzenswärme verfügen als die nicht so gut Aussehenden?

Eine Weile sprechen sie kein Wort, sondern blicken sich nur an. Heine nimmt mit seinem feinen Gehör wahr, dass hinter der Tür jemand lauscht. Vermutlich ist es Pauline, Mathildes Gesellschafterin, die in deren Auftrag spioniert.

Die Besucherin befindet, dass dort auf der Matratze ein Kind liegt mit einem Lazaruskopf. Nicht der arme Lazarus, sondern der kranke, den Jesus nach dessen Tod auferweckt hat. Der Mann auf der Matratze hingegen befindet, dass dort am Fenster eine Inkarnation all seiner vergangenen Liebesabenteuer steht, ihre Quersumme sozusagen, verdünnt im Gefäß einer wenig ansehnlichen Person. Schließlich beginnt sein Gast mit einer weichen, melodischen Stimme zu sprechen: »Es fällt mir unendlich schwer, verehrter Meister, zu glauben, dass Sie es wirklich sind und nicht ein kühner Vers aus einem Ihrer unsterblichen Gedichte. Ich sehe sehr wohl, wie sehr Sie leiden, aber ich sehe auch, dass der Tod keine Chance gegen Sie hat, denn er wird an Ihrem Werk scheitern wie ein Belagerer, dessen Waffen zu schwach sind, um die Mauern dieser stolzen Festung zu bezwingen.«

»Was Sie sagen, meine Liebe, ist höchst schmeichelhaft und sicherlich reichlich übertrieben. Aber wie Sie es sagen, lässt es für mich beinahe glaubhaft erscheinen. Sie summen tatsächlich wie eine Stubenfliege. Sie wissen doch, dass Fliegen sich hauptsächlich von zerfallendem Leben ernähren? Sie sind also genau richtig bei mir.«

Seine Stimme zerbricht in einem Hustenanfall. Die Besucherin nähert sich zögernd. Als sie unmittelbar vor dem Mann steht, dessen magerer Kinderleib von heftigen Krämpfen geschüttelt wird, riecht sie Urin und Fäkalien. Sie legt ihm die Hand auf die kalte Stirn. Husten und Krämpfe verschwinden so plötzlich, wie sie gekommen sind. »Sie brauchen jetzt Ruhe«, sagt die Dame. »Schreiben Sie mir, ob ich wiederkommen soll.«

Sie verschwindet wie der Blitz, und Heine glaubt wieder ein leises Trippeln von sechs Füßchen die Treppe hinab zu hören, bis es in der Weite des Weltalls verschwindet.

Mit großer Mühe schreibt der Kranke schon am nächsten Tag eigenhändig: »Sehr liebenswürdige und charmante Person! Ich bedaure sehr, dass ich Sie letzthin nur wenige Augenblicke sehen konnte. Sie haben einen äußerst vorteilhaften Eindruck hinterlassen, und ich sehne mich nach dem Vergnügen, Sie recht bald wiederzusehen. Wenn es Ihnen möglich ist, kommen Sie schon morgen, in jedem Fall, sobald es Ihre Zeit erlaubt, Sie kündigen sich an wie letzthin. Den ganzen Tag bin ich zu jeder Stunde bereit Sie zu empfangen. Die liebste Zeit wäre mir von 4 Uhr bis so spät sie wollen. Trotz meiner Augenleiden schreibe ich eigenhändig, weil ich jetzt keinen vertrauten Sekretär besitze. Ich habe so viel Peinliches um die Ohren und bin sehr leidend noch immer. Ich weiß nicht, warum Ihre liebreiche Teilnahme mir so wohl tut und ich abergläubischer Mensch mir einbilden will, eine gute Fee besuche mich in trüber Stunde. Sie war die rechte Stunde. – Oder sind Sie eine böse Fee? Ich muss das bald wissen. Ihr HH.«

Ein glücklicher Selbstbetrug

Sie sehen sich jetzt häufiger, immer dann, wenn es sein Gesundheitszustand zulässt. Sie schickt ihm Gedichte, er antwortet: »Allersüßeste fine mouche! Oder soll ich Sie statt nach dem Emblem Ihres Petschafts nach dem Duft Ihres Briefes titulieren? In diesem Falle müßte ich Sie holdseligste Bisamkatze nennen. – Vorgestern erhielt ich Ihr Schreiben, Pattes de mouche krabbeln mir beständig im Kopfe herum u vielleicht sogar im Gemüthe. Herzlichen Dank für die viele Liebe, die Sie mir widmen! Die Gedichte sind sehr schön, u ich wiederhole in dieser Beziehung, was ich Ihnen schon gesagt.«

Er findet, dass ihre Briefe nach Moschus oder Bisam riechen. Bisam ist ein penetrantes Sekret der Analdrüsen der Bisamkatze, übelriechend und zugleich aphrodisierend. Heine schreibt ihr bedauernd, dass er nicht mit ihr schlafen könne, denn »ich bin nur noch ein Geist, was vielleicht Ihnen, aber nicht mir sonderlich zusagt.«

Oft muss er ein Treffen wegen unerträglicher Kopfschmerzen absagen. Manchmal sagt auch sie wegen Unpässlichkeit ab: »Bester Freund! Ich sterbe vor Sehnsucht Sie zu sehen und doch fürchte ich noch einige Tage dies Glück entbehren zu müssen indem ich mir vorigen Sonntag Husten, Schnupfen und Fieber in der Exposition geholt habe. Hoffentlich sind Sie wieder wohler! Ach, so nahe zu sein und Sie nicht sehen dürfen! Und doch bin ich so glücklich – ich habe ja Ihre Bücher, ich brauche mich ja eigentlich nie von Ihnen zu trennen! Wenn ich an Ihre Werke denke, so weiß ich nicht wie ich es wage mit Ihnen mich zu unterhalten, Ihnen zu schreiben! Es wird mir dann als stände ich vor einem mächtigen Gotte, und ich kann nichts als Ihnen zu Füßen fallen, und Ihnen sagen, wie wohl, wie unendlich wohl es mir ist in dieser herrlichen Welt, die Sie erschaffen haben. Ach ich liebe Sie so unendlich!«

Sie raspeln beide Süßholz. Das ist keine echte Liebe, sondern ein galantes Spiel, ein Geschäft auf Gegenseitigkeit, ein Ritual, bei dessen Realisierung sie kongenial zusammenwirken. Er unterschreibt seine Briefchen mit »Dero Wahnsinniger«, »Dein Gänserich, König der Vandalen«, »Nebukadnezar II«, »dein unterthänigster Hansel«. Sie verzichtet schon im zweiten Brief auf das Pseudonym Margareth und unterzeichnet mit E.K. »Elise Krinitz«, ihrem richtigen Namen, von dem allerdings niemand weiß, ob er wirklich echt ist. Meistens aber unterschreibt sie mit »Deine Mouche«. Es ist nicht nur ein Handel, es ist auch ein Theaterstück. Sie schreiben und sprechen Bühnendialoge. Das Stück besteht darin, dass diese junge Frau dem Todgeweihten eine letzte Gelegenheit gibt, sich als Liebhaber zu inszenieren, als unsterblicher Minnesänger. Der Anteil ihrer Rolle besteht in der Chance, durch die fast hysterisch zelebrierte Freundschaft mit dem berühmten Literaten irgendwann Karriere als Schriftstellerin machen zu können. Beide belügen sich und den Partner mit Bravour. Kein Wunder, dass Heine in einem seiner Briefe schreibt: »ein Wahnsinniger an eine Wahnsinnige«. Ist Wahnsinn nicht eine Form der Normalität angesichts des nahenden Endes? Heine ist klar, dass es Selbstbetrug ist, was er mit der Dame inszeniert, aber ist Selbstbetrug verwerflich, wenn man sich seiner bewusst ist? Ist es nicht eine Form der Ehrlichkeit auf zweiter Ebene? Und wenn man über das Spiel allmählich vergisst, dass es Selbstbetrug ist, dann ist das nur willkommen, denn ein guter Schauspieler ist dann am glaubhaftesten, wenn er mit seiner Rolle eins wird.

Die Handlung des Stückes ist einfach. Wenn seine Freundin kommt, beginnt das, was Heine »Unterricht« nennt. Elise muss an seinem Bett niederknien und seine Hände küssen. Dann küsst er nacheinander ihre beiden Hände oder Pfoten, wie er sagt. Sodann nimmt sie an einem Tisch Platz und beginnt vorzulesen. Manchmal aus einem Journal, zum Beispiel aus dem »Figaro«, der den wesentlichen Klatsch aus der Welt der besseren Gesellschaft bietet, manchmal sind es auch seine Texte, neue Gedichte, deren Qualität er seiner Meinung nach besser beurteilen kann, wenn er sie aus dem Munde eines anderen hört.

Mathilde verfolgt inzwischen die sich häufenden Besuche der Krinitz mit wachsendem Misstrauen. Sie begreift nicht, dass die Sätze, die Pauline kolportiert, einem spontan inszenierten Theaterstück entstammen. Ist sie anfangs dieser Frau aus dem Weg gegangen, bedenkt sie sie jetzt mit strafenden Blicken, wenn sie ihr im Vorraum begegnet.

Das Komplott

Im Hinterzimmer eines schäbigen Hauses im Süden der Stadt sitzt eine junge Frau an einem Tischchen in der Nähe des einzigen Fensters und kopiert Handschriften. Ihr Blick fällt zuweilen in den Hinterhof hinab, wo sich Müllberge gesammelt haben, auf denen streunende Hunde nach Essbarem schnüffeln und Ratten ihre Fruchtbarkeitstänze aufführen. Im Hintergrund des kleinen Raumes hockt ein nur wenig älterer Mann auf dem Rand eines ungemachten Bettes. In einer dunklen Ecke brennt ein Kanonenofen. Der Raum ist überhitzt, denn der Mann hat sehr viel Kohle in den Brennraum geschüttet. Auf der Platte des Ofens steht ein Topf, in dem eine Flüssigkeit brodelt. In den strengen Kohlegeruch mischt sich ein beißender Gestank von Essig.

»Wie geht es deinem Schützling?«, fragt Meißner.

»Es geht ihm nicht gut. Er tut mir leid. Manchmal schläft er ein, wenn ich ihm vorlese. Manchmal greift er nach meiner Hand mit seiner Linken, die noch nicht gelähmt ist, und drückt sie fest wie ein Schraubstock. Er merkt nicht, dass ich mich vor dieser Berührung ekle. Es sind Leichenfinger, kalt und steif. Ich bin nicht gerade froh darüber, dass du mich zu ihm geschickt hast, als du diese Anzeige gelesen hattest.«

»Hat er immer noch so viel Besuch?«

»Ja. Neulich wurden von Pauline sogar einige Mitglieder eines Kölner Gesangsvereins zu ihm vorgelassen. Sie waren in Paris, um Konzerte für den Erhalt des Kölner Doms zu geben. Sie standen vor seinem Bett und intonierten lautstark ›Leise zieht durch mein Gemüt‹ und ›Der Herbstwind rüttelt die Bäume‹. Ich kann mir vorstellen, dass der gute Heine, der doch so überempfindlich ist, am liebsten unter die Bettdecke gekrochen wäre.«

»Es muss schlimm für ihn sein, auf seinem Matratzenlager so ausgestellt zu sein in all seinen Gebrechen. Wir sollten ihm helfen.«

»Weiß Henri eigentlich, dass du an einem Buch über ihn arbeitest?«

»Ich habe ihm den Plan vor drei Jahren brieflich mitgeteilt. Ich habe ihm geschrieben, ich wolle ein getreues Abbild des Lieblingsdichters der Deutschen schaffen. Er hat nicht reagiert, aber ich gehe davon aus, dass er geschmeichelt ist und dass Campe ein großes Interesse an meinem Buch haben wird, wenn sein Protagonist erst einmal verstorben ist. Schließlich enthält es Unveröffentlichtes von Heine wie zum Beispiel diese Briefe an dich, die du gerade so fleißig für mich abschreibst. Ich habe übrigens Gruby von Kollege zu Kollege gefragt, wie lange er noch durchhalten wird. Gruby wollte sich nicht festlegen. Er schätzt ein bis zwei Jahre. Es wäre eine Tat gelebter Nächstenliebe, wenn wir helfen würden, sein Martyrium zu verkürzen.«

Meißner geht zum Ofen, nimmt den Topf von der Platte und hält ihn seiner Geliebten hin. »Siehst du die weißen Kristalle? Ihre Herstellung ist ganz einfach. Ein reines Kinderspiel. Ein wenig Bleischrot in einem Gefäß mit Essigessenz übergießen und erhitzen. Die Flüssigkeit eindampfen, bis sich am Topfboden Kristalle bilden. Es ist Bleizucker. Schon in der Antike ein beliebter Stoff, um billigen, sauren, bitteren Wein trinkbar zu machen. Beethoven zum Beispiel soll große Mengen an mit Bleizucker gepanschtem Wein getrunken haben. Das hat ihn vermutlich umgebracht. Henri trinkt auch gerne Wein. Bring ihm das nächste Mal eine Flasche mit. Diese hier.«

Meißner öffnet eine Literflasche mit billigem Wein, füllt Bleizucker hinein und schüttelt sie. »Es ist ein Gebot der Humanität, das Verlöschen dieser armen, gequälten Seele ein wenig zu befördern. Er hat lange genug gelitten, Elise.«

Kunst ist Kunst, Soße ist Soße

Anfang Januar 1856 klingelt es wieder einmal an der Tür. Es ist Gautier, der Mann, der Heine einst mit Nerval bekannt gemacht hatte. Heine kennt den Schriftsteller vom Literaturclub um Victor Hugo, dem legendären Cénacle. Heines französischer Verlag will eine Gesamtausgabe seines Werkes herausbringen, und Gautier hat den Auftrag, eine Vorrede zu schreiben, die Heines Œuvre charakterisiert. Wie immer trägt Gautier eine seiner berühmten roten Westen. Die beiden mögen sich, auch wenn der Deutsche die von Gautier so gern benutzte Wendung ›l'art pour l'art‹ für reichlich überzogen hält.

Während Heine seine Kopfschmerzen beklagt, die ihn am Denken hindern würden, begibt sich sein Besucher ans Fenster und starrt in den Himmel, an dem sich schön geformte Wolken wie Kulissen bewegen, die vom Schnürboden des Weltalls herabhängen. Gautier setzt zu einem seiner Vorträge an, die er sich so gerne selber hält. »Ich habe nie die Trennung von Form und Inhalt verstanden, lieber Henri. Genauso wenig wie die Trennung von Form und Idee. Eine schöne Form ist immer zugleich eine schöne Idee. Die Form ist das Primäre. Man könnte auch sagen, aus der Form wird die Idee geboren. Diesen Satz würde ich am liebsten in alle Pariser Häuserfassaden meißeln. Das Fleisch stirbt, die Kunst lebt ewig. Eigentlich wollte ich Maler werden. Ich habe mein Studium abgebrochen, als ich in der Akademie eine nackte Frau malen sollte. Gewiss, das Modell war sehr begehrenswert, doch ich hätte lieber mit einer Statue gearbeitet. So aber mischte sich der Inhalt auf unziemliche Weise in die Form.«

Vom Bett her tönt leises Kichern. »Liebster Théophil. Ich bin mir bewusst, dass du der Meinung bist, ich würde mich in meinen Texten viel zu sehr mit Inhalten abgeben. Dabei habe ich selbst irgendwo einmal geschrieben: ›Die Kunst ist für die Kunst.‹ Wo, weiß ich leider nicht mehr. Ich bin schließlich kein Buchhalter meiner Werke. Dein berühmtes Motto ist also in Wahrheit von mir. Ich hätte übrigens an deiner Stelle jenes Modell in eine Chambre particulière eingeladen und sie dort mit meinen Händen abgemalt. Genuss ist der Sinn des Lebens. Der Genuss sollte die Form sein, die wir der Schönheit geben. Übrigens hat auch schon unser guter Kant die Idee des l'art pour l'art formuliert. Er definiert nämlich das Schöne als interesseloses Wohlgefallen. Aber das verstehst du natürlich nicht. Ihr Franzosen habt keinen Sinn für Philosophie.«

»Das klingt in der Tat alles ziemlich dunkel. Es ist etwas für lichtscheue Leute wie Flaubert. Oder für Baudelaire. Du weißt, dass sich unser gemeinsamer Freund Charles für einen Mann der Dämmerung hält. Ich hingegen bin ein Mann der Mittagshelle. Ich will nicht, dass die Formen im Zwielicht verschwimmen. Ich will höchste Klarheit der Farben und Linien, und auch der Gedanken.«

»Du wirst verstehen, dass deine Sätze einem Menschen, der kurz davor ist, völlig zu erblinden, nicht gefallen können. Ich bin weder ein Mann des Mittags noch der Abenddämmerung. Ich bin leider gezwungenermaßen ein Mann der ewigen Nacht.«

In diesem Moment betritt Mathilde das Zimmer. »Möchten Sie etwas zu trinken?«, fragt sie den Gast.

»Das ist sehr freundlich von Ihnen. Was haben Sie denn anzubieten?«

»Ein guten Weißen zum Beispiel. Wir haben neuerdings genug davon. Eine Verehrerin meines Mannes bringt bei jedem ihrer Besuche eine Flasche mit.«

»Sehr gerne, Gnädigste.«

Mathilde verschwindet und kehrt kurz darauf mit einem Tablett zurück, auf dem eine Flasche und zwei Gläser stehen. Sie schenkt die Gläser voll und bringt sie den beiden Männern. Heine trinkt sein Glas in einem Zug leer. »Sie haben da einen Fleck auf ihrer schönen Weste«, sagt Mathilde. »Es könnte ein Soßenfleck sein.« Sie verschwindet und kehrt mit einem feuchten Lappen zurück. Damit reibt sie den Fleck, bis er fast verschwunden ist.

»Sauce pour sauce«, sagt Heine, und wieder stößt er dieses alberne Kichern aus, das aus einer anderen Welt zu kommen scheint. Dann geht das Kichern über in einen nicht enden wollenden Hustenanfall.

Gautier holt eine Tüte aus seinem Umhang, nimmt eine kleine braune Kugel aus ihr und reicht sie Heine. »Hier, nimm das. Nicht schlucken! Lutschen! Dann geht es dir besser. Man gibt es auch Soldaten, damit sie weniger Angst haben und besser kämpfen.«

Gautier steckt sich ebenfalls eine Kugel in den Mund. »Es ist Haschkonfekt. Haschisch mit Ahornsirup vermengt. Wir stellen es in unserem Club selbst her. Die Tüte kannst du behalten.«

Die Wasserleiche

Wieder hat der Kranke Besuch. Es ist sein alter Freund Hector Berlioz. Heine hebt seinen Augendeckel, um ihn zu betrachten. Wie immer sieht Berlioz mit seinem grünlichen Gesicht recht sauertöpfisch aus. Ein Kritiker hat einmal über ihn geschrieben, er gleiche einer Wasserleiche, die bereits fünfzig Tage im Wasser gelegen hat. Ein treffender Vergleich, wie Heine findet. Berlioz zieht einen Stuhl nahe an das Bett des Kranken und setzt sich, wobei er tief aufseufzt. Der gewaltige Staubwedel seines Haupthaares wippt wie der Taktstock eines Dirigenten zu den Sätzen, die pausenlos seinem Mund entströmen. »Hast du mein kleines Briefchen von heute Morgen erhalten, Henri? Es ist wirklich so schlimm, wie ich es beschrieben habe. Weil man mich anlässlich der Weltausstellung leider in die Jury zur Beurteilung von Klavieren gewählt hat, bin ich verpflichtet, jeden Tag neun Stunden lang auf über fünfzig miserablen Pianos miserable Kompositionen, gespielt von miserablen Pianisten, anzuhören. Du wirst dir denken können, wie es jetzt in meinem Kopf aussieht. Die Tragik ist dabei, dass ich selbst nur sehr schlecht Klavier spiele. Ich habe auch fast nichts für Klavier komponiert. Ich überlasse das lieber unserem Freund Liszt, der in seinen Transkriptionen meine Arbeiten für das Pianoforte gefügig macht.«

»Auch ich mag das Pianoforte nicht. Ich hasse es sogar, denn es wird inzwischen in jeder Wohnung von irgendeinem unbegabten Frauenzimmer gespielt.«

»Deine Gedichte und Legenden, die du mir geschickt hast, gefallen mir übrigens ganz außerordentlich. Vor allem die Prosagedichte mit dem Titel ›La Mer du Nord‹. Da hast du deutlich Neuland betreten, so wie ich mit meiner ›Symphonie Fantastique‹. Neuland betreten heißt leider aber immer, nicht verstanden zu werden. Ich sage dir, liebster Freund, wir sitzen im gleichen Boot und schöpfen vergeblich das eindringende Wasser, weil das Leck zu groß ist. Ich bin schon lange ertrunken.«

»So siehst du auch aus.«

»Ich fühle mich auch so.«

»Ich denke, du bist wenigstens glücklich verheiratet, so wie ich.«

»Meinst du meine Ehe mit Marie? Ja, ich habe sie geheiratet, kurz nachdem meine erste Frau verstarb. Sie ist Sängerin, aber sie klingt wie ein Sack voll miauender Katzen. Ich bin schon wieder unfroh. Es sterben immer die Falschen. Chopin zum Beispiel, mein Vater und jetzt du.«

»Wie du siehst, bin ich noch nicht gestorben, lieber Hector.«

»Du bist so gut wie tot, Henri, das weißt du sehr genau. Aber das scheint dich wenig zu stören. Und du hast durchaus recht damit. Besser ein lebender Leichnam als ein leichenhafter Lebender. Ich habe übrigens endlich meine Memoiren fertig. Die fantastische Sinfonie meines Lebens. Aber ich lasse sie erst nach meinem Abgang veröffentlichen. Es steht zu viel Wahres und zu viel Ausgedachtes darin.«

»Wir sitzen wirklich im gleichen Boot. Auch ich schreibe an meinen Memoiren. Auch ich kann sie erst veröffentlichen lassen, wenn meine Frau gestorben ist, weil meine Familie damit droht, andernfalls meiner armen Gattin die kümmerliche Pension zu streichen.«

Berlioz erhebt sich seufzend und geht Richtung Tür. Ehe er den Raum verlässt, dreht er sich noch einmal um: »Au revoir, Henri, wir sehen uns im Orkus wieder. Dann machen wir zusammen Katzenmusik. Du spielst auf deiner Seele und ich auf dem verstimmten Klavier meines Lebens.«

Hel

Als er an diesem Morgen aufwacht, glaubt er, gestorben zu sein. Er fühlt sich erleichtert, denn er ist sich jetzt endlich sicher, dass es ein Leben nach dem Tod gibt. Ein ewiges Leben in der Hölle. Es unterscheidet sich nicht vom richtigen Leben vorher.

Am Vormittag kommt einmal mehr Besuch. Diesmal hat er keine Schritte im Treppenhaus gehört. Der Mensch muss schweben können. Er steht ganz plötzlich mitten im Zimmer. Um ihn zu sehen, hebt der Kranke wieder sein rechtes Augenlid. Tränen bilden sich und wirken wie ein Einglas, das den Besucher in ungeahnter Schärfe sichtbar werden lässt. Es ist eine Frau, schön wie ein Gemälde von Luini, wie dessen Salome, deren mysteriöses Lächeln so sehr dem der Mona Lisa gleicht. Sie lächelt, obwohl ihr gerade in einer blutigen Schale das abgetrennte Haupt Johannes des Täufers gereicht wird. Er selber hat so große Kopfschmerzen, dass er sich wünscht, auch sein Haupt würde abgetrennt, als Lohn für einen Tanz der schönen Salome, die jetzt vor ihm steht. Sie ist also noch einmal gekommen, inzwischen fast ein halbes Jahrhundert alt, aber immer noch schön wie ein Gemälde der lombardischen Schule, dessen Firnis sie vor dem Altern zu schützen scheint. Sie beugt sich über ihn und berührt mit den Lippen sanft seine Stirn, wie eine Totengöttin, die es gut mit ihm meint. Die Totengöttin Hel ist halb schwarz, halb weiß. Sie ist jung und alt zugleich. Sie kann gut zu einem sein oder auch böse. Diese hier meint es gut. »Wir hätten doch heiraten sollen, Cristina, meine Königin«, flüstert er.

»Das war nicht nötig. Waren wir nicht immer verheiratet?«

Sie zieht sich aus und braucht dazu nicht so lang wie seine Frau, weil sie sich weniger stark in Textilien verpuppt hat. Dann schlüpft sie zu ihm unter die Seidendecke. »Ich kann nicht mit dir schlafen«, stöhnt er, »ich bin inzwischen impotent.«

»Darum geht es doch gar nicht, mein lieber Freund. Es geht um einfache Nähe, um das Gefühl, nicht allein zu sein in diesem kalten, endlosen Weltall.«

Er liegt da, ohne sich zu rühren, und spürt, wie ihre Hände seinen Körper modellieren, bis er sich zu sehen glaubt wie einen wertvollen Gegenstand, der einst ihm gehörte, ehe er ihn auf seiner letzten Reise verlor.

Er ist eingeschlafen. Als er aufwacht, ist das Bett neben ihm leer. Aber er spürt ihren Körper noch immer, wie eine Hohlform, in der das flüssige Metall seiner Sehnsucht langsam aushärtet. Er hört erregte Stimmen im Nebenzimmer. Dann kommt seine Frau herein. »Wer war das«, keift sie. »Diese Dame, der ich im Treppenhaus begegnet bin und die aus der Tür unserer Wohnung kam. War das eine deiner alten Schlampen?«

»Ja. Das war Hel, die Schlampe des Totenreichs. Hast du bemerkt, dass sie auf der einen Seite die rosige Haut eines Mädchens hat und auf der anderen die schwarzblaue Haut einer Leiche? Sie ist halb lebendig, halb tot, genau wie ich.«

»Jedenfalls kommt sie mir nicht mehr ins Haus.«

»Das wird auch nicht geschehen. Das nächste Mal gehe ich zu ihr.«

Das Vorhaben

Heine findet, dass die Mouche inzwischen nicht mehr nach Moschus riecht, sondern nach Essig. Dennoch nutzt er jede Pause in seinen Beschwerden, sie zu sich zu rufen. Er ist inzwischen abhängig von der Aufführung dieser kleinen Liebeskomödie wie von einem opiumhaltigen Sedativum. Sooft es ihm möglich ist, arbeitet er am Roman seines Lebens, doch immer wieder unterbrechen heftige Brechanfälle seine Arbeit. Dennoch, die großen Bögen sammeln sich zu einer ansehnlichen Menge in einem Karton, der neben seinem Bett steht. Er will den großen Rückblick. Außerdem ist das Manuskript der Memoiren ein Druckmittel gegenüber seinem Verleger, was die Honorarforderungen anbelangt, seine Lebensversicherung sozusagen, auch die seiner Frau. Diese Beichte ist aber auch eine Machine infernal, eine Höllenmaschine, deren Hochgehen seine Familie und etliche Personen des öffentlichen Lebens fürchten. Die Wahrheit würde ans Licht kommen und es dadurch zugleich verdunkeln. Das würde seine Rache sein für alle Demütigungen, die er erleiden musste. Aber diese Rache ist nicht süß, sie ist bitter. Es ist im Übrigen nicht so, dass er aufschreibt, an was er sich erinnert. Es ist vielmehr umgekehrt, er erinnert sich an das, was er aufgeschrieben hat. Das Schreiben gleicht dabei einer Schaufel, mit der er in den Sedimenten seines Lebens nach der Vergangenheit gräbt, nur um die Fundstücke dann achtlos wegzuwerfen. Auf diese Weise ist auch das rote Sefchen ans Tageslicht gekommen. Seine erste Erfahrung mit der Sexualität. Sie war die Tochter eines Scharfrichters und deshalb noch mehr aus der Gesellschaft ausgestoßen als er selbst als Jude. Sie trug ihren Spitznamen »das rote Sefchen« wegen ihrer roten Lockenpracht. Sie war gertenschlank, und sie entzog sich der üblichen Kleiderordnung junger Mädchen, denn sie trug keine Unterröcke und kein Korsett. Ihr Kleid war so dünn und so eng anliegend, dass man ihre Nacktheit darunter ahnen konnte. Von ihr erhielt er seinen ersten Kuss, und sie war es auch, die seinen Händen Ausflüge in jene geheimnisvolle Gärten voller fremdartig duftender Blumen erlaubte, die zu betreten ihn sein Leben lang gelockt hatte.

Obstipation und Vomitation wechseln sich inzwischen immer häufiger ab. Einmal erbricht er, als er, auf dem Bauch liegend, an seinem Lebensroman schreibt. »Ich kotze mein Leben aus«, denkt er. Er zerknüllt den beschmutzten Bogen und wirft ihn in den Nachttopf.

Er hat sich längst in seine Krankheit zurückgezogen

wie eine Schnecke in ihr Schneckenhaus. Die Mündung ist sein Körper, der Apex seine Seele. Dazwischen windet sich spiralig ein Gehäuse aus Schmerzen, Koliken, Halluzinationen. Da er sein baldiges Ende immer deutlicher nahen fühlt und er sich anhaltend Sorgen um die Zukunft seiner Frau macht, setzt er den Advokaten Henri Julia als Testamentsvollstrecker und Rechtsbeistand Mathildes ein. Warum diese Fürsorge?, fragt er sich. Hat er ein schlechtes Gewissen, Mathilde so viele Jahre an sich gebunden zu haben als Stützpfeiler in dem vom Einsturz bedrohten Gebäude seines Lebens?

Alfred Meißner kommt vorbei. Er sieht sich im Krankenzimmer um. Auf dem Sekretär liegen einige vollgeschriebene Blätter, aber kein Konvolut, das so umfangreich ist, wie Meißner es von Heines Memoiren erwartet. Enttäuscht geht er wieder, nachdem er sich kurz über den diesmal nicht ansprechbaren Kranken gebeugt hat.

Vom Abend des 15. Februar an erbricht Heine in heftigen Koliken. Es kommen nur noch Galle und Stuhl. Pauline schickt nach Gruby, aber der ist mit seiner Kutsche unterwegs, um eine neue Telegraphenstation in einem Vorort von Paris zu besichtigen. Ein anderer Arzt aus der Nachbarschaft, der mit dem Fall nicht vertraut ist, verschreibt Orangenblütentee, der gegen Schlaflosigkeit und nervöse Störungen helfen soll. Mathilde kniet am Bett des Kranken und betet laut. Der Sterbende erwacht davon. Ihre hohe Stimme quält ihn. Wieder setzen die Koliken ein. Plötzlich klingelt es an der Tür. Alle hoffen, dass es Gruby ist. Pauline eilt zur Tür, öffnet sie und erkennt Elise Krinitz. »Bitte gehen Sie«, sagt die Hausdame. »Er ist zu schwach, um jemanden zu empfangen.« Es dauert eine Weile, bis die Besucherin der Aufforderung Folge leistet.

Endlich erscheint Gruby, der auf seinem Schreibtisch eine Information über den Zustand des Kranken gefunden hat. Er wendet sich an Mathilde: »Legen Sie sich schlafen, Madame. Das ist besser für alle. Sie brauchen Ruhe und der Kranke auch.« Dann nähert er sein Ohr dem Patienten. »Werde ich sterben?«, flüstert Heine. »Ja«, sagt Gruby. »Wann ist es so weit?« – »Bald, vielleicht in drei oder vier Tagen.«

Gruby schüttet den Orangenblütentee weg und verabreicht Heine eine stark erhöhte Dosis Laudanum. Er weiß, dass der Körper des Kranken durch den langen Gebrauch von Opium an diese Droge gewöhnt ist und dass deshalb nur noch sehr hohe Mengen wirken. Tatsächlich lassen die Krämpfe bald nach. »Sie müssen ab jetzt Tag und Nacht aufrecht sitzen, damit Sie nicht am Erbrochenen ersticken«, sagt Gruby noch, ehe er geht.

Den ganzen nächsten Tag über sitzt der Sterbende

dank dem Einsatz des Flaschenzugs aufrecht im Bett und versucht zu schreiben. Immer wieder fällt ihm die Bleifeder aus der Hand. Catherine Bourlois, seine Wärterin, ist ständig bei ihm. Sie hebt jedes Mal die Bleifeder auf und reicht sie dem Dichter. »In vier Tagen bin ich fertig mit meinem Werk«, stöhnt er. »So lange muss ich noch durchhalten.«

Der weiße Abgrund

Am 17. Februar gegen fünf Uhr morgens erwacht der Kranke. Es geht ihm ein wenig besser. Zu seinem Erstaunen kann er sogar wieder sehen. Das Zimmer ist voll mit alten, grauhaarigen oder glatzköpfigen Männern in langen roten Mänteln. Es sind die Scharfrichter, die gekommen sind, das Urteil über sein Leben zu vollstrecken. Sie stehen dicht an dicht, einige am Fenster, andere mitten im Zimmer. Sie scheinen sich zu kennen, denn immer wieder schütteln sie sich gegenseitig die Hände und murmeln dabei unverständliche Sätze. Vielleicht sind es Gebete. In der Mitte ihrer Runde steht ein steinerner Tisch. Die Mouche erscheint mit einem Beutel voller Weinflaschen und stellt sie neben den Tisch auf den Boden. Dann kommt das rote Sefchen herein. Sie trägt einen großen silbernen, mit Delphinen und Muscheltrompeten verzierten Pokal und stellt ihn auf den Tisch. Einer der alten Männer, offenbar ihr Anführer, öffnet eine der Flaschen und füllt den Pokal. Dann hebt ihn einer der Männer an die Lippen und trinkt ihn leer. Wieder wird der Pokal gefüllt, und der nächste trinkt ihn aus. So geht es weiter, bis alle getrunken haben. Der Kranke glaubt, beim flackernden Licht einer Wachskerze, die auf dem Tisch steht, einzelne der Männer zu erkennen. Da ist Campe, der mit einem Bündel Papierbögen wedelt. Vielleicht ist es der neue Vertrag über seine Memoiren. Da ist Gérard, der einen Hummer mit winkenden Scheren im Arm hält. Der kleine Berlioz steht auf einem Bein wie Rumpelstilzchen, und der massige Flaubert neben ihm hebt den Pokal und prostet Heine zu, ehe er ihn in einem Zug leert. Da ist sein Großonkel Simon von Geldern, genannt der Morgenländer. Er trägt unter dem roten, aufklaffenden Mantel Pluderhosen, an deren Gürtel der Kilisch, der türkische Krummsäbel, baumelt. Als Kind hat er sich lange mit diesem geheimnisvollen Weltenbummler, Waffenschmied und Kenner der Kabbala identifiziert. Als er die Tagebücher des damals längst verstorbenen Morgenländers auf dem Dachboden von dessen Sohn, seines Onkels Simon, fand, versuchte er sie zu lesen, obwohl sie zumeist in hebräischer Schrift geschrieben waren. Er verstand sie und verstand sie zugleich nicht. Genau das ist es, was eine gute Dichtung ausmacht, denkt der Sterbende. Der Anführer hält nun eine lange Rede, die Heine kaum versteht. Sie scheint einen traurigen Inhalt zu haben, denn alle fangen bitterlich zu weinen an. Auch sein Vater ist unter den Männern. Er nähert sich und setzt sich an sein Bett. Seine Gestalt ist flüssig und schwappt in seiner Haut wie in einem dünnwandigen, gallertigen Gefäß, wenn er sich über ihn beugt, um ihm die Stirn zu küssen. Als sich sein Mund dessen Lippen nähert, fürchtet der Sohn, dass sich die Flüssigkeit in ihn ergießt. Neben dem Vater sitzt auf einmal auch seine geliebte Mutter auf dem Bettrand. Während sie pausenlos den Kopf schüttelt, sieht er, wie sie dabei immer mehr versteinert, wie die Statue Risse bekommt und Tränen aus ihren Augen als harte Kiesel auf ihn niederfallen. Das Sefchen erscheint wieder. Ihre Haare tauchen den Raum in ein rotes Licht, als ob es brennt. Sie trägt einen Korb, in dem zehn abgetrennte Finger liegen. Sie stammen von den Händen unschuldig gehenkter Diebe. Sie sind merkwürdig steif und gekrümmt. Mit einem Mal begreift er: Es sind seine eigenen Finger. Und noch ein anderes längliches Ding liegt im Korb. Ein Geschlechtsteil. Es kann sprechen. Seinem winzigen Mund an der Spitze entströmen Sätze wie: »O Gott! o Gott! das Unglück dauert schon so lange, das kann eine menschliche Seele nicht länger ertragen. O Gott, du bist ungerecht, ja ungerecht.« Das Sefchen nimmt den Penis aus dem Korb und steckt ihn sich wie eine Zigarre zwischen die Lippen, so wie sie es damals auch getan hat. Ein neuer Krampf schüttelt den Sterbenden. »Es ist aus«, schreit er immer wieder. »Es ist aus. C'est fini.« Nebenan äfft ihn die Stimme eines Vogels nach. »C'est fini, c'est fini.« – »Komm«, sagt das Sefchen, deren Haare plötzlich grau geworden sind, »ich bringe dich hinaus.« Er steht auf und merkt, dass er wieder gehen kann. Das Licht einer schwarzen Sonne verdunkelt den Raum. Sie gehen auf einen Abgrund zu. Er ist weiß und unendlich tief. Über dem Abgrund schwebt ein großer, bunter Papagei mit Adlerklauen. Da sind auch wieder die Männer in den roten Mänteln. Der Anführer tritt an den Rand des Abgrunds, holt einen Stapel beschriebener Blätter unter dem Mantel hervor und wirft sie in den Abgrund. Sie segeln wie ein Möwenschwarm in die Tiefe. »Mein Leben, so geht es dahin«, flüstert der Sterbende. Eines seiner Gedichte kommt ihm in den Sinn, und er sagt es sich unhörbar für die anderen vor.

»Und die armen Götter, oben am Himmel
Wandeln sie, qualvoll,
Trostlos unendliche Bahnen,
Und können nicht sterben,
Und schleppen mit sich
Ihr sterbliches Elend.-
Ich aber, der Mensch,
Der niedriggepflanzte, der Tod-beglückte,
Ich klage nicht länger.«

Dann steht auf einmal ein anderer Mann im roten Mantel hinter ihm. Es ist Gruby. Er gibt ihm einen

Stoß, und Heine stürzt in die Tiefe. Der Papagei fliegt ihm hinterher und packt ihn mit den Klauen. Eine Weile schwebt der Sterbende über dem Abgrund, dann lässt der Vogel ihn los, und er stürzt weiter in eine lichtdurchflutete Unendlichkeit.

Ein Stern erster Größe

Als Mathilde an diesem Tag gegen Mittag erwacht, füttert sie zuerst den Papageien, dann begibt sie sich ins Krankenzimmer. Gruby ist da. Als sie von ihm erfährt, dass ihr Mann tot ist, wirft sie sich schreiend auf den Boden. Dann kniet sie nieder, ringt die Hände und spricht leiernd Gebete. Der Papagei nebenan kreischt: »Vollidiot, Krüppel, Hurensohn. C'est fini.«

Ehe Gruby geht, überreicht er Mathilde ein Büschel Haare. »Heben Sie es gut auf, Madame, als ewiges Andenken an Ihren großen Gatten.«

Es klingelt an der Tür, und wieder ist es Elise Krinitz. »Sie kommen zu spät«, sagt die Hausdame barsch. »Es wird keine Privatstunden mehr geben.«

»Ist er tot?«, fragt die Krinitz. »Lassen Sie mich herein. Ich will bei ihm Totenwache halten.«

»Sie gehen jetzt besser!« Pauline schließt mit einer heftigen Bewegung die Tür. Es klingelt erneut. Diesmal ist es der Zeichner, nach dem man geschickt hat, um das Antlitz des Toten für die Nachwelt festzuhalten. Er heißt Seligmann.

Am 19. Februar wird die Totenmaske abgenommen.

Dabei gibt es Probleme. Die Gesichtszüge des Toten bewegen sich, so dass der Gips mehrmals erneuert werden muss. Am 20. Februar findet dann die Beerdigung auf dem Friedhof Montmartre statt. Heine hatte sich diesen Ort gewünscht, weil es ihm, wie er meint, auf dem Friedhof Père Lachaise entschieden zu laut sein würde. Zur Verwunderung einiger der etwa hundert Trauergäste ist die Ehefrau des Verstorbenen nicht unter den Anwesenden. Sie ist zu diesem Zeitpunkt am Ufer der Seine bei den Vogelhändlern, um einen Papageien zu kaufen. Cocotte soll Gesellschaft haben, jetzt, da ihr Mann im Himmel ist. Dass sich Elise Krinitz in die Schlange der Trauernden eingereiht hat, und zwar ganz an ihrem Ende, bemerkt niemand.

Auf Wunsch des Toten werden keine Reden gehalten, auch ist kein Pfarrer anwesend. Der in vorderster Reihe direkt neben dem geöffneten Grab stehende Verfasser der ›Drei Musketiere‹ bricht in heftige Weinkrämpfe aus. Man hört das Schluchzen. Es ist, als ob es aus dem Sarg kommt, der neben der offenen Grube steht. Gautier, der diesmal auf seine rote Weste verzichtet hat und stattdessen eine von tiefschwarzer Farbe trägt, murmelt leise vor sich hin. Was er spontan formuliert, erscheint später in leicht abgewandelter Form als Nekrolog im ›Le Moniteur Universel‹, dem offiziellen Organ der französischen Regierung. Es enthält unter anderem folgende Sätze: »Er war ein

Stern erster Größe am Himmel der Poesie. Er war ein Doppelwesen, grausam und warmherzig, fromm und skeptisch, progressiv und konservativ, böse und gut, melancholisch und heiter, modern und altmodisch, romantisch und klassisch, schwarz und weiß, nie grau, nie langweilig. Zum Schluss war er tot und lebendig, wieder beides zugleich.«

»Er ist also Ihrer Meinung nach ein Doppelstern«, sagt David Gruby, der mit dem Zylinder in der Hand direkt neben Gautier steht und als Einziger etwas von dessen Monolog mitbekommen hat. »Doppelsterne, Monsieur Gautier, kreisen um einen gemeinsamen Schwerpunkt. Das weiß man spätestens seit dem ›Leviathan‹. So nennt man das Riesenteleskop, das der irische Astronom William Parsons gebaut hat. Ich hätte gerne gewusst, wo der Schwerpunkt im Wesen unseres Freundes war, aber dazu müsste man sein ganzes Leben kennen. Angeblich soll er seine Memoiren verfasst haben. Wenn sie veröffentlicht werden, wird man sicher mehr zu dieser Frage sagen können.«

Eine umstrittene Diagnose

Gruby und der Kommissar sitzen in einem kleinen Raum in der Polizeipräfektur auf der Ile de la Cité. Große Regentropfen trommeln, vom Wind gepeitscht, gegen die Fensterscheibe. »Wir könnten auch auf einem Schiff sein, das die Seine hinab nach Le Havre fährt«, denkt Gruby. Dann beginnt er mit der Aussage, um die er schriftlich gebeten hat: »Der Verstorbene war sich sicher, an Syphilis erkrankt zu sein. Die Symptome waren jedoch eher untypisch für eine venerische Krankheit. Dieses extreme Erbrechen, übrigens offizielle Todesursache, die Koliken, die manchmal wochenlang anhaltende Verstopfung, die Lähmung der Gliedmaßen, all das passt eher zu einer Bleivergiftung. Vor allem aber war mein Patient bis zum Schluss geistig hellwach, ja, meinem Eindruck nach hat sich seine Denkkraft in den letzten Jahren sogar noch geschärft, was bei Syphiliskranken in der Regel nicht der Fall ist. Sie werden gewöhnlich schwachsinnig. Außerdem hatte der Verstorbene zu Lebzeiten keine der für die Syphilis im Endstadium typischen Geschwüre. Seine Gesichtshaut war makellos, in den letzten Wochen vor seinem Tod allerdings fahl und leicht gelblich verfärbt. Man nennt das Bleikolorit. Ich fragte mich natürlich, was die Ursache einer möglichen Bleivergiftung sein könnte. Lag es an der bleihaltigen Glasur des Geschirrs, das wie überall auch im Haus benutzt wurde? Aber dann hätten auch andere Bewohner die entsprechenden Symptome zeigen müssen. Ich schnitt mehrere Haarlocken des Toten ab und untersuchte sie in meinem Labor. Einen Teil des Haarbüschels hielt ich in die Flamme eines Bunsenbrenners. Sie färbte sich Blau, ein klassisches Indiz für Bleihaltigkeit. Zur genaueren Bestimmung des Bleigehaltes wandte ich das Verfahren der Titration an, das der geniale Physiker Gay-Lussac entwickelt hat. Ich brauche Ihnen die Einzelheiten nicht zu erläutern, da sie nur dem Fachmann verständlich sind. In diesem Fall war das Ergebnis eindeutig: eine enorme Menge an Blei in den Haaren des Dichters.«

Der Kommissar lehnt sich zurück und zündet sich umständlich eine Pfeife an. Dann sagt er in die blaue Qualmwolke hinein: »War dieser Henri Heine Exilant, oder verfügte er über die französische Staatsbürgerschaft?«

»Er wurde im Rheinland geboren, das damals bekanntlich von Napoleon besetzt war. Das machte ihn zumindest nominell zum Franzosen. Es heißt, er sei naturalisiert, aber sicher bin ich mir da nicht. Zumindest hatte er lebenslängliches Bleiberecht. Das gilt jetzt auch für seine Gebeine, die auf dem Friedhof Montmartre liegen.«

»Sehen Sie, Doktor Gruby, in unserer herrlichen Stadt leben über eine Million Menschen. Davon sind mindestens 20.000 politische Flüchtlinge. Wir kommen mit unserer polizeilichen Arbeit kaum nach, was die Aufklärung von Verbrechen und die Überwachung der Fremden anbelangt. Ich fürchte, wir können in diesem Fall nichts tun. Alles ist viel zu vage. Veranlassen Sie doch eine Autopsie, um ganze Klarheit zu schaffen.«

»Ich glaube nicht, dass eine Autopsie beim heutigen Stand der Medizin mehr Klarheit schaffen kann. Außerdem hat der Tote in seinem Testament eine Sektion untersagt.«

Es gibt nichts mehr zu sagen. Beide sehen aus dem Fenster und schweigen. Der Regen hat aufgehört.

Der große Flaneur

Sie werden ihm alle begegnen, dem Tod, diesem großen Flaneur, egal ob ihre Lebensstraße einem eleganten Boulevard gleicht oder einer erbärmlich stinkenden Seitengasse. Am 24. März 1856 wird Mathilde von Heines Vetter Carl die Mitteilung erhalten, dass er ihr, wie vereinbart, eine jährliche Pension von 2.400 Francs zahlen wird, vorausgesetzt, die Memoiren des Verstorbenen werden weder ganz noch teilweise veröffentlicht. Auch als Carl, der über ein bedeutendes Vermögen von 30 Millionen Mark verfügt, im Alter von 55 Jahren stirbt, wird die Familie die Rente weiterzahlen.

Schon im April wird Campe, der an einer Publikation der nachgelassenen Schriften und vor allem der Lebenserinnerungen höchstes wirtschaftliches Interesse hat, Alfred Meißner nach Paris schicken, mit dem Auftrag, den immer noch in der Wohnung befindlichen Nachlass zu sichten. Während Meißner die zahllosen Bögen durchsieht, überwacht ihn Mathildes Rechtsbeistand Henri Julia. Die Memoiren sind zu Meißners Enttäuschung nicht darunter. Anschließend werden sie nach Asnières fahren, wo Mathilde ein Sommerhäuschen bewohnt. Hier wird die Witwe einen Wand-schrank öffnen, in dem sich ein großer Stapel von Bö-gen befindet. Meißner wird ein Blatt herausnehmen und den Text überfliegen. Es sind offenbar tatsächlich die Lebenserinnerungen des Verblichenen. Meißner wird schätzen, dass es mindestens 600 Blätter sind. Als Meißner sie an sich nehmen will, wird Julia einschrei-ten und darauf bestehen, dass das Manuskript im Be-sitz seiner Mandantin verbleibt.

Heines Verleger Julius Campe, ein großer Freund guten Essens und Trinkens, wird 1865 einen Schlag-anfall erleiden, der ihn teilweise lähmen wird und nur noch mit schwerer Zunge sprechen lässt. Ein Le-bemann wird bekanntlich besonders leicht zu einem Sterbemann. Campe wird daraufhin seinen Sohn vor-zeitig für volljährig erklären und dem jungen Mann die Verlagsleitung übertragen. Zwei Jahre später wird Julius Campe, der so viel für die junge deutsche Lite-ratur getan hat und ohne den Heine niemals zu einem großen Schriftsteller geworden wäre, sterben.

Mathilde, die mittlerweile mit ihrer Gesellschafte-rin Pauline Rouge, 60 Papageien und vier Bologne-ser Schoßhunden in engen und bescheidenen Ver-hältnissen außerhalb von Paris lebt, wird 1883, stark übergewichtig, in der Chaiselongue ihres verstorbe-nen Mannes sitzend und einen Kuchen essend, an einem Herzinfarkt sterben. Nun hätten die inzwischen

sagenumwobenen Memoiren endlich erscheinen können. Henri Julia, dessen Verkaufspolitik darin besteht,
immer nur kleinere Texteinheiten zu veräußern, wird
ein Fragment, das augenscheinlich zu den Memoiren
gehört, aus dem Nachlass seiner verstorbenen Klien-
tin dem Campe-Verlag anbieten. Julius Campe junior
wird es zusammen mit dem Verleger Adolf Kröner für
die erhebliche Summe von 16.000 Francs erstehen.
Noch im selben Jahr wird ein leicht geglätteter Abdruck in der ›Gartenlaube‹ erscheinen. Ein Jahr später
wird die Buchausgabe folgen. Der von vielen erwar-
tete Skandal wird ausbleiben. Der Text ist einfach nur
brillant und enthält keine Sottisen gegen noch lebende
Personen. Die Edition ist voller Fehler. Einige Stellen,
in denen der Autor seine erste sexuelle Beziehung zu
einer Düsseldorfer Scharfrichterstochter, dem roten
Sefchen, in genialer Manier schildert, werden wegen
angeblicher Obszönität gestrichen.

1885 wird sich Alfred Meißner nicht mehr in der
Lage sehen, an seinen einstigen Freund und heimlichen Coautor Franz Hedrich Geld zu zahlen. Hedrich, der nach einem unsteten Leben inzwischen in der
Nähe seines einstigen Gönners in Lindau lebt, erpresst
ihn seit Jahren mit der Drohung, er werde die Öffentlichkeit darüber informieren, dass die Werke, die unter
Meißners Namen erschienen sind, zum größten Teil
aus seiner Feder stammen. Vor allem gelte dies auch

für Meißners erfolgreichstes Buch, die Erinnerungen an Heine, das wenige Monate nach Heines Tod bei Hoffmann und Campe erschien. Hedrich hat das Vermögen seiner schottischen Ehefrau in Monaco und Genf verspielt und ist nun auf das Geld Meißners angewiesen.

Der inzwischen wegen ausbleibender literarischer Erfolge hochdepressive Meißner wird keinen Ausweg mehr sehen, außer den, sich aus dem Leben davonzustehlen. Bei einem halbherzigen und dilettantischen Selbstmordversuch wird er sich mit einem Messer verletzen. Die Wunde ist nicht tief, aber sie entzündet sich. Wenige Tage später wird Meißner an einer Blutvergiftung sterben.

Franz Hedrich wird zurück nach Schottland gehen, um in Edinburgh vom Geld seiner reichen Schwiegermutter zu leben. Er wird behaupten, Meißner habe ihn um 10.000 Pfund Sterling betrogen und so in den finanziellen Ruin getrieben. 1889 wird Hedrich enthüllen, dass er der heimliche Autor zahlreicher Werke Meißners ist, und damit einen veritablen Skandal auslösen. Er wird 1895 sterben, zehn Jahre nach Meißner, in der deprimierenden Gewissheit, ausschließlich als Auslöser jenes dubiosen Literaturskandals der Nachwelt in Erinnerung zu bleiben.

1884 werden Elise Krinitz' Erinnerungen an Heine auf Deutsch, Englisch und Französisch erscheinen. Es wird ihr erfolgreichstes Buch werden. Der Name des Poeten ist offenbar immer noch ein Garant für Aufmerksamkeit. Alfred Meißner hatte die Liaison mit ihr kurz nach dem Tod Heines beendet, da sie nun für ihn nicht mehr nützlich war. Die Krinitz schlüpft schon ein Jahr danach unter die Fittiche eines anderen Homme de lettres, Hippolyt Taine, der die Beziehung zehn Jahre aufrechterhält, ehe er der inzwischen nicht mehr sehr mädchenhaften Dreiunddreißigjährigen den Laufpass gibt. Unter dem Pseudonym Camille (männlich) bzw. Camilla (weiblich) Selden wird sie Werk um Werk publizieren, insgesamt acht Romane und Biografien, außerdem mehrere Bände mit Novellen und Essays, Publikationen, die alle erfolglos bleiben. Die kryptisch-geheimnisvolle Inszenierung ihres Lebens in ihren eigenen ›Memoiren‹ könnte einem der damals in Frankreich wie in Deutschland so beliebten Kolportageromane oder englischen ›gothic novels‹ entnommen sein. Um finanziell über die Runden zu kommen, wird sie Deutsch- und Französischlehrerin in Rouen. Niemand wird sie dort mögen, weder die Kollegen noch die Zöglinge, da sie ihren Unterricht nur widerwillig gibt und alle spüren lässt, dass sie eigentlich eine Schriftstellerin ist. Die Sommerferien wird sie in ihrem kleinen Häuschen in Orsay verbringen, das sie von den Einnahmen aus ihrem Heine-Buch gekauft hat. Dort wird sie 1896 sterben, nachdem sie alle

Briefe und Dokumente verbrannt hat, die etwas über ihr Leben hätten aussagen können, darunter auch die Briefe Heines an sie. Es wird Probleme bei der Identifizierung der Leiche geben. Nicht nur wird man keine schriftlichen Zeugnisse finden, auch der Name, den sie als Hausbesitzerin führt, unterscheidet sich von dem der Lehrerin aus Rouen. Sie wird auch kein Gesicht mehr haben, jedenfalls nicht im normalen Sinne, denn sie hat mit dem Kopf nahe dem Kaminfeuer gelegen, in dem sie die Manuskripte verbrannt hat. Die Hitze wird dazu führen, dass das Gesicht unnatürlich aufgequollen ist. Als man sie findet, wird über die stark gerötete Haut ihrer rechten Hand eine metallisch schillernde Fliege kriechen.

Anfang November 1898 wird auch David Gruby sein Ende nahen fühlen. Als guter Arzt wird er die Symptome richtig deuten. Eine große Müdigkeit, ein Erschlaffen der Muskulatur und eine gewisse grundlose Heiterkeit. Er ist jetzt 88, ein biblisches Alter. Gruby hasst den Tod. Er fürchtet sich vor der ewigen Dunkelheit. Eines Tages wird er sich in seinem Observatorium einschließen. Die kargen Mahlzeiten und Getränke wird er sich von seinen Dienern vor die Tür stellen lassen. Er wird unbeweglich an dem schwarzen Metalltisch sitzen und versuchen, an nichts zu denken. Das wird ihm schwerfallen, denn das Nichts ist nun einmal nicht mehr als nichts. Das Alleinsein wird ihm jedoch guttun. Es ist eine Einübung dessen, was ihn erwartet. Einmal wird er sein Fernrohr auf eine dunkle Stelle am Firmament richten. Kein Stern wird zu sehen sein, nur tiefe Schwärze. Tage und Nächte werden vergehen, ohne sich voneinander zu unterscheiden. Als es so weit ist, wird sein kahler Kopf auf die kalte Tischplatte sinken. Seine Hand wird mit letzter Kraft an einer Schnur ziehen. Eine Klappe in der Kuppel wird aufgehen. Ein Bild wird auf der Platte erscheinen. Eine Straße, die sich über seinen Kopf und seinen Oberkörper zieht. Ein nackter Hund wird sie entlanglaufen. Der Hund wird bellen, aber Gruby wird ihn nicht hören. Die Straße ist staubig. Hitze flirrt über dem Sand. Der Hund lässt sich in den Staub fallen und regt sich nicht mehr. Eine alte Frau quert mit einer blauen Milchkanne die Straße und verschwindet in einem Haus. Nach einer Weile erscheint sie wieder, diesmal ohne die Kanne. Sie nähert sich Gruby, bis ihr von Runzeln bedecktes Gesicht das ganze Bild einnimmt. Ihr zahnloser Mund öffnet sich, als wolle sie ihm etwas sagen, aber nur große Follikelparasiten kriechen heraus. Als man die Tür aufbricht, wird der Arzt bereits seit 18 Stunden tot sein.

Das blaue Wrack II

Einen ganzen Monat lang gingen wir Tag für Tag bei jedem Wetter zu dem zerbrochenen blauen Boot. Wir sprachen über die Szenen unseres Projekts, machten uns Notizen, die wir abends in der kleinen Pension, in der wir wohnten, aufschrieben, um sie uns am nächsten Tag im Boot gegenseitig vorzulesen. Wir diskutierten und korrigierten so lange, bis wir einigermaßen zufrieden waren.

Zurück in der Pension, arbeiteten wir die Korrekturen ein und unterhielten uns über Einzelheiten. »Warum hat unser Held damals den weiten und gefährlichen Weg nach Wangerooge gewählt? Warum ist er nicht auf einer der drei näher an Norderney gelegenen Inseln gelandet?« – »Meines Wissens gab es auf allen dreien noch keinen Tourismus, keinen Badebetrieb, deshalb auch keinen Badearzt. Das war der Grund. Heine erhoffte sich schließlich vom Baden im kalten Salzwasser eine Besserung seiner Leiden.«

Wir sprachen auch viel über Heine selbst, seine schillernde Persönlichkeit. Mein Freund meinte: »Er war ein Chamäleon. Er wechselte ständig Farbe und

Temperament. Wahrscheinlich war er manisch-depressiv. Mal war er niedergeschlagen, äußerte Selbstmordabsichten, mal war er euphorisch, bester Stimmung, vor allem wenn es ihm besonders schlecht ging. Er war unberechenbar. Heute arrogant, morgen demütig, heute unausstehlich, morgen amüsant. Er war ein ewiges Rätsel, vermutlich auch sich selbst gegenüber. War er wirklich so krank? War er ein Hypochonder? War er ein Atheist, oder ist er am Ende fromm geworden, wie manche fromme Zeitgenossen behaupteten? War er wirklich ein Weiberheld, oder war er homosexuell oder beides? Warum hielt er an dieser seltsamen Liebe zu seiner tumben Mathilde so fest? Ich sage dir, er ist ein aalglatter Fisch, der durch alle Maschen des Verständnisnetzes zu schlüpfen vermag. Es wird schwer sein, einen Schauspieler zu finden, der all diese wechselnden Facetten glaubhaft darzustellen vermag.«

»Oskar Werner hätte es gekonnt. Vielleicht sollte ihn eine Frau spielen. Er hatte zweifellos etwas Mädchenhaftes, Androgynes.«

Als wir eines Tages mit neuen Texten zum Boot gingen, saß dort jemand auf der Ruderbank. Als er uns bemerkte, erhob er sich und kam uns entgegen. Er war schlank, mittelgroß, athletisch und hatte ein feingeschnittenes, von glatten hellbraunen Haaren umrahmtes Gesicht. Er gab uns die Hand. »Das ist mein Kahn«, sagte er. »Ich habe vor, ihn wieder flottzumachen. Ein schwimmuntüchtiges Schiff ist ein trauriger Anblick. Er kann sich auf alles legen, auch auf das eigene Gemüt.«

»Selbst wenn die Reparatur gelingt, was wollen Sie mit dem Boot machen?«

»Dumme Frage«, sagte er grinsend. »Fragen, die ihre Antwort in sich tragen, sind immer dumm, auch wenn Gebildete sie manchmal rhetorisch nennen. Ich will natürlich aufs Meer hinaus.«

»Mit einem bestimmten Ziel?«

»Vielleicht nach Bimini, vielleicht zur Weißen Insel.«

»Die Weiße Insel?«

»Ein alter Aberglaube der Insulaner behauptet, dass die Seelen der Toten auf eine weiße Insel gebracht werden, keine Schattenwelt, sondern eine Art lichter Hades.«

»Woher kommen Sie?«

»Die meiste Zeit meines kurzen Lebens habe ich hier verbracht. Ich bin Insulaner.« Er wandte sich ab und begann, Werkzeug aus einer Kiste zu kramen.

Als wir zurück in der Pension waren, sagte mein Freund: »Ein merkwürdiger Mensch. Vielleicht ein Elementargeist, dem Wasser entstiegen, vielleicht eine Luftspiegelung, vielleicht auch eine Projektion unserer Phantasie.«

»Mir kam er sehr irdisch vor. Jedenfalls muss er Heine gründlich gelesen haben.«

»Apropos Heine: Wir sollten nach den verschollenen Memoiren suchen. Vielleicht liegt das Manuskript immer noch auf irgendeinem Dachboden.«

»Ich habe ja eher Mathildes Rechtsbeistand Henri Julia in Verdacht. Schließlich hatte er mit den Memoiren ein echtes Faustpfand gegenüber den Nachkommen Heines in der Hand. Er brüstet sich übrigens in seinen Erinnerungen an Heine mit der angeblich engen Freundschaft mit dem Dichter, obwohl Heine ihn selbst nie erwähnt. Der einzige Brief Heines an Julia kann durchaus eine Fälschung sein. Wir sollten mehr über ihn herausfinden.«

»Vielleicht hat das Manuskript aber auch die Krinitz gehabt und kurz vor ihrem Tod in ihrem Kamin verbrannt.«

Am nächsten Tag kehrten wir aufs Festland zurück und machten uns auf die Suche nach einem Produzenten. Dabei setzten wir das Ritual fort, uns gegenseitig Texte des Poeten vorzulesen.

»Ich liebe das Meer wie meine Seele. Oft wird mir sogar zumute, als sei das Meer eigentlich meine Seele selbst; und wie es im Meere verborgene Wasserpflanzen gibt, die nur im Augenblick des Aufblühens an dessen Oberfläche heraufschwimmen und im Augenblick des Verblühens wieder hinabtauchen: so kommen zuweilen auch wunderbare Blumenbilder heraufgeschwommen aus der Tiefe meiner Seele und duften und leuchten und verschwinden wieder.‹ Das ist meine Lieblingsstelle aus den ›Reisebildern‹.«

»Hör mal«, erwiderte ich, »was er in seinem Börne-Buch schreibt: ›Ich wandelte einsam am Strand in der Abenddämmerung. Ringsum herrschte feierliche Stille. Der hochgewölbte Himmel glich der Kuppel einer gotischen Kirche. Wie unzählige Lampen hingen darin die Sterne; aber sie brannten düster und zitternd. Wie eine Wasserorgel rauschten die Meereswellen; stürmische Choräle, schmerzlich verzweiflungsvoll, jedoch mitunter auch triumphierend. Über mir ein luftiger Zug von weißen Wolkenbildern, die wie Mönche aussahen, alle gebeugten Hauptes und kummervollen Blickes dahinziehend, eine traurige Prozession … Es sah fast aus, als ob sie einer Leiche folgten … Wer wird begraben? Wer ist gestorben? sprach ich zu mir selber. Ist der große Pan tot?‹ Ich glaube, er meint sich selbst. Er war der große Pan.«

Quellennachweis

Die im Kapitel »Das Gastmahl« zitierten Strophen aus dem Gedicht »Verdammte Frauen – Delphine und Hippolyta« von Charles Baudelaire in der Übersetzung von Friedhelm Kemp wurden dem Band entnommen:
Charles Baudelaire, »Nouvelles Fleurs du Mal – Neue Blumen des Bösen. Übersetzung und Kommentar von Friedhelm Kemp«, Carl Hanser Verlag, München-Wien 1975, S. 15ff. (= Charles Baudelaire, »Sämtliche Werke/Briefe in acht Bänden. Band 4«)

Die Anfangszeilen des Gedichtes »El Desdichado« von Gérard de Nerval wurden der folgenden Ausgabe entnommen: Gérard de Nerval, »Die Töchter der Flamme. Erzählungen und Gedichte. Werke III. Herausgegeben von Norbert Miller und Friedhelm Kemp. Aus dem Französischen übersetzt von Anjuta Aigner-Dünnwald, Friedhelm Kemp und Norbert Miller«, Winkler Verlag, München 1989, S. 289.

Die Anfangszeilen des Romans »Aurelia« von Gérard de Nerval wurden der folgenden Ausgabe entnommen:

Gérard de Nerval, »Die Töchter der Flamme. Erzählungen und Gedichte. Werke III. Herausgegeben von Norbert Miller und Friedhelm Kemp. Aus dem Französischen übersetzt von Anjuta Aigner-Dünnwald, Friedhelm Kemp und Norbert Miller«, Winkler Verlag, München 1989, S. 361.

Inhalt

189

 Dieses Buch ist auch als E-Book erhältlich.

MIX
Papier aus verantwor-
tungsvollen Quellen
FSC® C014889
FSC
www.fsc.org

Verlagsgruppe Random House FSC® N001967

1. Auflage
Copyright © 2020 by btb Verlag
in der Verlagsgruppe Random House GmbH,
Neumarkter Straße 28, 81673 München
Umschlaggestaltung: semper smile, München
Umschlagmotiv: © Bridgeman Images / Jardin du Luxembourg,
engraved by Frederic Martens 1832 / Bibliotheque Historique de la
Ville de Paris; The Pont or Passerelle des Arts, Paris, 1832, nach
Bernhard Schmidt / Bibliotheque Historique de la Ville de Paris
Satz: Uhl + Massopust, Aalen
Druck und Einband: Friedrich Pustet, Regensburg
Printed in Germany
ISBN 978-3-442-75076-4

www.btb-verlag.de
www.facebook.com/btbverlag